丁立梅的阅读课Ⅱ

让梦想拐个弯

（彩色珍藏版）

丁立梅 著

人民东方出版传媒
東方出版社

图书在版编目（CIP）数据

丁立梅的阅读课．Ⅱ，让梦想拐个弯：彩色珍藏版 / 丁立梅著．– 北京：东方出版社，2019.9

ISBN 978-7-5207-0944-6

Ⅰ．①丁… Ⅱ．①丁… Ⅲ．①散文集 – 中国 – 当代 Ⅳ．① I267

中国版本图书馆 CIP 数据核字 (2019) 第 057374 号

丁立梅的阅读课Ⅱ：让梦想拐个弯（彩色珍藏版）

（DING LIMEI DE YUEDUKE Ⅱ：RANG MENGXIANG GUAI GE WAN）

作　　者　丁立梅
策 划 人　王莉莉
责任编辑　王莉莉　张　旭　张彦君
整体设计　门乃婷工作室
出　　版　东方出版社
发　　行　人民东方出版传媒有限公司
地　　址　北京市东城区朝阳门内大街 166 号
邮　　编　100010
印　　刷　小森印刷（北京）有限公司
版　　次　2019 年 9 月第 1 版
印　　次　2023 年 4 月第 3 次印刷
开　　本　700 毫米 × 960 毫米　1/16
印　　张　15
字　　数　130 千字
书　　号　ISBN 978-7-5207-0944-6
定　　价　46.00 元
发行电话　（010）85924663　85924644　85924641

如有印装质量问题，我社负责调换，请拨打电话：（010）85924602　85924603

让梦想拐个弯

萝卜花 2
【真题链接】 5
【佳句摘抄】 6
【阅读有道】文章中的『炼字』艺术 7
每一棵草都会开花 9
【真题链接】 12
【佳句摘抄】 13
【阅读有道】有一种思考叫阅读 14
【经典赏析】 16
许明天一个梦想 16
让梦想拐个弯 19
向着美好奔跑 21
留香 24
石缝里的山百合 27
让每一个日子，都看见欢喜 29
与自己和解 32
人生，诗意还是失意 35
美女 38
费尽心思染作工 41

比时光更坚强

蓝色的蓝 46
【真题链接】 49
【佳句摘抄】 51
【阅读有道】不动笔墨不读书 52
掌心化雪 54
【真题链接】 57
【佳句摘抄】 58
【阅读有道】甘做那一条水草 59
【经典赏析】 62
每一颗种子，都有它自己的奇迹 62
笔缘 66
穿旗袍的女人 69
放风筝 72
口红 75
女人如花 78
高贵的宁静 81
比时光更坚强 84
落日下的画画人 87

捡拾幸福

那些温暖的 92
【真题链接】 96
【佳句摘抄】 97
【阅读有道】巧手裁得云锦来 98
爱的语言 102
【真题链接】 105
【佳句摘抄】 106
【阅读有道】最是那一低头的温柔 107
【经典赏析】 110
浅淡岁月，总有欢喜相守 110
女人和花 113
放慢脚步 117
格桑花开的那一天 120
只为途中与你相见 126
跟着一朵阳光走 130
捡拾幸福 133
坚持 136
没有谁在原地等你 139
仙人掌不哭泣 142
素心如简 149

初心

书香做伴 154
【真题链接】 157
【佳句摘抄】 158
【阅读有道】修辞，让语言摇曳多姿 159
牛皮纸包着的月饼 161
【真题链接】 164
【佳句摘抄】 165
【阅读有道】人间有味是清欢 166
【经典赏析】 169
不要让心长出皱纹 169
爆米花 172
冷锅饼 175
家乡的年糕 177
竹叶茶 179
从前 181
舌尖上的思念 186
老枣树 189
吃茶 192
吃蟹 195
一只猫的智慧 197
月下我的影子，像头年轻的小鹿 199
丰腴 202
养心 207
初心 211

附录

《萝卜花》参考答案 218
《每一棵草都会开花》参考答案 219
《蓝色的蓝》参考答案 220
《掌心化雪》参考答案 223
《那些温暖的》参考答案 224
《爱的语言》参考答案 225
《书香做伴》参考答案 226
《牛皮纸包着的月饼》参考答案 227

梦想很美好，但也很现实。当梦想缥缈如天上的云彩，任我们再踮起脚尖，也无法与它相握，这时，我们要学会的是，适时放手，让梦想拐个弯。

让梦想拐个弯

萝卜花

萝卜花是一个女人雕的，用料是胡萝卜，她把它雕成一朵一朵月季的模样。花盛开，很喜人。

女人在小城的一条小巷子里摆摊，卖小炒。一个小气罐，一张简单的操作平台，木板做的，用来摆放锅碗盘碟，她的摊子就摆开了。她卖的小炒只三样：土豆丝炒牛肉，或炒鸡肉，或炒猪肉。

女人三十岁左右，瘦，皮肤白皙。长头发用发夹别在脑后。惹眼的是她的衣着，整天沾着油锅的，应该很油腻才是，却不。她的衣服极干净，外面罩着白衣。衣领那儿，露出里面的一点红，是红毛衣，或红围巾的红。过一会儿，围裙有些脏了，袖套有些脏了，她就换下来——她每天备着好几套。

很让人惊奇且喜欢的是，她每卖一份小炒，必在装给你的碗里，放上一

朵她雕刻的萝卜花。“这样才好看。”她说。

不知是因为女人的干净，还是她的萝卜花，女人的摊前总围满人。五块钱一份小炒，大家都很耐心地等待着。女人不停地翻铲，而后装盘，而后放上一朵萝卜花。于是，一朵一朵的萝卜花，就开到了人家的饭桌上。

我也去买女人的小炒。去的次数多了，渐渐知道了她的故事。

女人原先有个殷实的家。男人是搞建筑的，但不幸从尚未完工的高楼上摔下来，女人几乎倾尽所有，才抢回男人半条命——他瘫痪了。

接下来怎么过日子？年幼的孩子，瘫痪的男人，女人得一肩扛一个。她考虑了许久，决心摆摊卖小炒。有人劝她，街上那么多家饭店，你卖小炒能卖得出去吗？女人想，也是，总得弄点和别人不一样的东西。于是她想到了雕刻萝卜花。当她静静坐在桌旁雕着时，她被自己手上的美好镇住了，一根再普通不过的胡萝卜，在眨眼之间，竟能开出一小朵一小朵的花来。女人的心，一下子充满期待和向往。

就这样，女人的小炒摊子摆开了，并且很快成为小城的一道风景。下班了赶不上做菜的人，都会相互招呼一声，去买一份萝卜花吧。就都晃到女人的摊前来了。

一次，我开玩笑地问女人："攒多少钱了？"女人笑而不答。一小朵一小朵的萝卜花，很认真地开在她的手边。

不多久，女人盘下一家酒店，她负责配菜，瘫痪的男人被接到店里管账。女人依然衣着干净，在所有的菜肴里，依然喜欢放上一朵她雕刻的萝卜花。"菜不但是吃的，也是用来看的呢。"她说，眼睛亮着。一旁的男人，气色也好，没有颓废的样子。

女人的酒店，慢慢地出了名。大家提起萝卜花，都知道。

生活，也许避免不了苦难，却从来不会拒绝一朵萝卜花的盛开。

【真题链接】

1. 贯穿全文的线索是 ____________。

2. 请你从表现人物品质或作品主题的角度仔细思考，以“一朵______的萝卜花”的形式给本文重新拟一个标题。

3. “一朵一朵的萝卜花，就开到了人家的饭桌上”，把这个句子中的“开”改成“放”好不好？为什么？

4. “女人几乎倾尽所有，才抢回男人半条命——他瘫痪了。”一句中破折号的作用是：________________。

5. 揣摩第⑧自然段中的画线句子，结合上下文，展开联想，写出女人当时的心理活动。

女人的心，一下子充满期待和向往。她想：________________。

6. 第⑪自然段中，“一旁的男人，气色也好，没有颓废的样子”的言外之意是什么？这句话在写法上有何作用？

7. “生活，也许避免不了苦难，却从来不会拒绝一朵萝卜花的盛开。”请结合选文和自身经历谈谈对这句话的理解。

佳句摘抄

★当她静静坐在桌旁雕着时，她被自己手上的美好镇住了，一根再普通不过的胡萝卜，在眨眼之间，竟能开出一小朵一小朵的花来。女人的心，一下子充满期待和向往。

★生活，也许避免不了苦难，却从来不会拒绝一朵萝卜花的盛开。

【阅读有道】

文章中的“炼字”艺术

据说，福楼拜教莫泊桑写作时，称呼事物，只用一个名词；要表现运动，只用一个动词；要表示性质，只用一个形容词。

这就是“炼字”。

作家都很重视“炼字”，力求用最准确或最形象的“这一个”来表现。

如《萝卜花》中“一朵一朵的萝卜花，就开到了人家的饭桌上”，“开到”写出了动态的过程，顾客将带有萝卜花的小炒从小摊带到饭桌上，萝卜花自然就从女人的小摊上“开到”了饭桌上。而雕刻萝卜花则不然，“再普通不过的胡萝卜，在眨眼之间，竟能开出一小朵一小朵的花来”，这里用“开出”，是指萝卜花从无到有，从轮廓模糊到渐渐清晰。

又如，丁立梅老师的《跟着一朵阳光走》，以“一朵”修饰阳光，何其形象！既暗含了比喻，又表达了作者内心的喜爱之情，换成“一片”“一方”“一块”，都不如“一朵”那么传神，那么优美。

古人也极其重视炼字。

贾岛“僧敲月下门”还是“僧推月下门”？“前村深雪里”，昨夜早梅是“一枝开”还是“数枝开”？天下英雄祭拜被魏忠贤阉党杀害的五人时，是“扼腕墓道”还是“抚膺墓道”？孔乙己手中的九文钱是“排”出来，还是“拿”出来？

语言巨匠无不注重锤炼语言，极力找到最准确、形象的“这一个”。我们在阅读时，就要找到“这一个”，咀嚼“这一个”，理解“这一个”。

每一棵草都会开花

去乡下，跟母亲一起到地里去，惊奇地发现，一种叫牛耳朵的草，开了细小的黄花。那些小小的花，羞涩地藏在叶间，不细看，还真看不出。

我说，怎么草也开花?

母亲笑着扫过一眼来，淡淡说，每一棵草，都会开花的。

愣住，细想，还真是这样。蒲公英开花是众所周知的，先是开放一朵一朵的浅黄，而后结出一个一个白白的绒球球，轻轻一吹，满天飞花。狗尾巴草开的花，就像一条狗尾巴，若成片，是再美不过的风景。蒿子开花，是大团大团的……就没见过不开花的草。

曾教过一个学生，很不出众的一个孩子，皮肤黑黑的，还有些耳聋。因不怎么能听见声音，他总是竭力张着他的耳朵，微向前伸了头，做出努力倾听的样子。这样的孩子，成绩自然好不了，所有的学科竞赛，譬如物理竞

赛 、化学竞赛，他都是被忽略的一个。甚至，学期大考时，他的分数，也不被计入班级总分。所有人都把他当残疾，可有，可无。

他的父亲，一个皮肤同样黝黑的中年人，常到学校来看他，站在教室外。他回头看看窗外的父亲，也不出去，只送出一个笑容。那笑容真是灿烂，盛开的野菊花般的，有大把阳光歇在里头。我很好奇他绽放出那样的笑，问他："为什么不出去跟父亲说话？"他回我："爸爸知道我很努力的。"我轻轻叹一口气，在心里。有些感动，又有些感伤。并不认为他，可以改变自己什么。

学期要结束的时候，学校组织学生手工竞赛，是要到省里夺奖的，这关系到学校的声誉。平素的劳技课，都被充公上了语文、数学，学生们的手工水平，实在有限，收上去的作品，很令人失望。这时，却爆出冷门，有孩子送去手工泥娃娃一组，十个。每个泥娃娃，都各具情态，或嬉笑，或遐想。活泼、纯真、美好，让人惊叹。作品报上省里去，顺利夺得特等奖。全省的特等奖，只设了一名，其轰动效应，可想而知。

学校开大会表彰这个做出泥娃娃的孩子。热烈的掌声中，走上台的，竟是黑黑的他——那个耳聋的孩子。或许是第一次站到这样的台上，他神情很是局促不安，只是低了头，羞涩地笑。让他谈获奖体会，他嗫嚅半天，说："我想，只要我努力，我总会做成一件事的。"

刹那间，台下一片静，静得连阳光掉落的声音，都能听得见。

从此面对学生，我再不敢轻易看轻他们中任何一个。他们就如同乡间的那些草们，每棵草都有每棵草的花期，哪怕是最不起眼的牛耳朵，也会把黄的花，藏在叶间，开得细小而执着。

【真题链接】

1. 文题“每一棵草都会开花”与母亲的话“每一棵草，都会开花的”语句相近而含义不同，各是什么意思？

2. 文章前四自然段运用大量笔墨细致描写各种草开的花，其作用是什么？

3. 联系上下文，分析从哪些地方可以看出这是一个内心阳光的孩子？（可以引用原文回答）

4. 结合全文分析“我”的形象，并说明“我”在文中的作用。

5. 生活中，总有一些人很少受到关注。选择你身边的其中一人，以花喻人写出一段话，表达你对他（她）的评价和关怀。（不得出现真实姓名，60 字左右）。

佳句摘抄

★蒲公英开花是众所周知的，先是开放一朵一朵的浅黄，而后结出一个一个白白的绒球球，轻轻一吹，满天飞花。

★刹那间，台下一片静，静得连阳光掉落的声音，都能听得见。

★每棵草都有每棵草的花期，哪怕是最不起眼的牛耳朵，也会把黄的花，藏在叶间，开得细小而执着。

【阅读有道】

有一种思考叫阅读

孔子说："学而不思则罔，思而不学则殆。"法国思想家帕斯卡尔说："人是一根能思想的苇草。"古今中外，善学者都重视"思"。

阅读，同样需要思考。没有思考的阅读，是一场"假阅读"。

在阅读中思考：作者把文学的触角伸向了生活的哪个角落？作者在这个不为人知的角落发现了怎样的美？作者在发现这种独特的美时，内心经历了怎样的审美风暴、情感风暴？通过思考，我们在阅读中探寻世界的真相，更好地认识世界、欣赏世界。

在阅读中思考：作者怎样在纷繁芜杂的生活中，发现最激动人心的那个瞬间，然后，把它摄入"镜头"，进而，演绎成最美的文字。比如，《每一棵草都会开花》的题目来自母亲的话"每一棵草，都会开花的"，既描述了一个客观现象，又形象地揭示了一个深刻的道理：每一个人经过努力都能成才。作者从乡下牛耳朵草开花写起，引出"曾教过一个学生，很不出众的一个孩子”在手工比赛中荣获特等奖的故事，最后以草喻人，首尾呼应，又升华了文章的中心。

在阅读中思考：作者怎样自如地运起生花妙笔，将生活中的种种美好、心中的种种感受，或是赞叹，或是伤悲，或是疑惑，或是期盼，或是顿悟，或是豁然开朗，都流淌在笔墨之中。通过这些思考，读者有了一种幸福，叫作阅读，叫作审美，叫作启迪，叫作收获。

在阅读中思考，在思考中学习，在学习中发展，在发展中提升。最后，因为阅读，收获了美好，收获了深刻，最终，收获了成长。

【经典赏析】

许明天一个梦想

我妈要扩种两亩荠菜地。

她信心百倍地对我说，等这两亩地，全种上了荠菜，我可发大财了。

万物在变，荠菜——这种过去纯粹的野菜，现在，也被广泛种植了。

我可惜着那种挑荠菜的野趣没了。小时候，一入春，乐事里有一大件，就是去寻荠菜。田间地头，到处都晃动着我们的身影，眼睛盯着草丛，那些新冒出的小草，跟荠菜几乎同等色，一样的翠绿柔嫩。那当口，眼神儿就要尖，寻着了，高兴得心花怒放，欢叫声响成一片。采回家去，烧豆腐荠菜汤，鲜得透心。更上一个档次的，是包荠菜饼，那跟过节差不多，简直要让人乐上天去。就是单单爆炒一下，也能诱惑得我们多添上一碗饭。

我妈不懂什么野趣不野趣的，她天天蹲在旷野里，她就是野趣中的一个。我妈现在一门心思在种荠菜上，她尝到了甜头，一个春上，她挑荠菜卖，居然攒下五千多块钱。

她喜滋滋地掰着指头，算了又算，说，明年再多种上两亩地，我就能赚一两万了。到那时，我也是有钱人喽，想买什么吃，就买什么吃，想买什么

穿，就买什么穿。

我笑看着她，七十多岁的老太太，被这个美好的愿望点燃着，竟露出欣欣向荣的样子来。

我有点羡慕我妈了。一年四季，春种秋收，她的心里，从不落空，总有个梦想在支撑着她。

想起多年前，听过的一首甜得淌蜜的歌，叫《一千零一个愿望》。歌里面唱道：心里有好多梦想，未来正要开始闪闪发亮，就算天再高那又怎样，踮起脚尖，就更靠近阳光——所配画面是一头小猪。小猪努力地攀爬着一棵树，它爬呀爬呀，摔倒了一次又一次，可是，一点儿也不气馁。因为，梦想就在树上朝着它招手，一团碧绿，一团繁花，闪耀着光芒。

我被那头小猪感动了。更确切地说，我被一种叫梦想的东西感动着。

我们每个人的一生，其实都是梦想的一生。我们奔走在路上，就是奔走在寻找梦想的途中。我们曾被一个一个的梦想激励着，一路欢跳着向前。也有苦闷，也有曲折，也有彷徨，但因为有梦想在，我们每一个日子，都活得枝叶葱茏，生气勃勃。

是从哪一天起，我们丢失了梦想？我们丧失了激情、抱负和憧憬，在时光里沉沦。像随波逐流的浮萍。我们不再眼神熠熠，斗志昂扬。我们在迷惘中迷惘，在失望中失望，无可奈何地看着生命，像燃烧的蜡烛似的，一寸一寸消失。

是到了该重新拾起梦想的时候了，我们要在自己的心上，种点什么才是。种花亦好，种草亦行，总之，不让它荒芜就好。就像我妈那样，她要种多多的荠菜，赚多多的钱。许明天一个灿烂的梦想，日子才会充满奔头和希望。

让梦想拐个弯

J是我的高中同学。和我们一起念书那会儿，他因偶然撞见海子的那首《面朝大海，春暖花开》，而迷上诗歌，立志要成为一个诗人。他满脑子做着有关诗的梦，为此荒废了学业。

J后来没考上大学。有关他的消息，断断续续地在同学间流传，他外出打工了，他失业了。他结婚了，他离婚了。如此折腾，都是因为诗。他的眼里，除了诗，再也容不下别的。他待在10平方米的小房间里，靠他在纱厂做工的母亲供养，几乎足不出户地写着诗。他写的诗稿，足足能装一麻袋，发表的却寥寥无几。

有个老编辑，在毙掉他无数的诗稿后，终不忍，遂委婉地对他说，写诗这条路，对你而言，未必适合，你还年轻，可以去尝试别的路。

他没有顿悟。他相信“精诚所至，金石为开”，仍笔耕不辍，一路向前。

多年后，同学聚会见到他，他身影孑然，潦倒不堪。彼时，他的母亲已过世。据说，他母亲过世时，眼睛是睁着的，对他，是一千个一万个放心不下。一口酒入喉，呛出他满腔的泪，他终于不得不面对一个事实：这辈子，他成不了诗人。他哽咽道，我的好年华，就那样白白溜走了，我还能做什么呢？

大家面面相觑，没有人能回答他。记忆里，他是聪明的，理科成绩曾一度辉煌过。他会吹笛子，会拉二胡，绘画也很有天赋。如果他在碰壁之后，选择另一条路走，或许他早就成就一番事业了。

认识一个服装设计师。他设计的服装，因款式别具一格，在圈内很有名。谁也想不到，他曾经的梦想，却是成为一名钢琴家。从小，他的父母不惜倾家荡产栽培他，给他买最昂贵的钢琴，给他请最好的钢琴老师。他的童年，是交给钢琴的；他的少年，是交给钢琴的；他的青年，差点儿也全部交给钢琴。幡然醒悟是在一次音乐会上，台上钢琴家行云流水般的演奏风格，是他永远也无法企及的。他不顾父母的反对，毅然放弃了音乐，改行学习他颇感兴趣的服装设计，很快脱颖而出。

在他的工作室里，悬挂着一幅照片，那是他去云南旅游时拍的：悬崖上，一丛野杜鹃，满满地开着，落霞般的。高远的天空，裸露的岩石，艳红的花朵。生命如此安静，又如此强烈。

他的目光，落在那丛野杜鹃上。他说，野杜鹃一定也做过成为大树的梦，当那个梦想遥不可及时，它让自己落入尘土，努力地在悬崖上，盛开出属于它自己的绚烂。

是的，执着是一种可贵的品质，然盲目的执着，却是对生命的浪费和伤害。梦想很美好，但也很现实。当梦想缥缈如天上的云彩，任我们再踮起脚尖，也无法与它相握，这时，我们要学会的是，适时放手，让梦想拐个弯。

向着美好奔跑

阳光的影子，拓印在窗帘上，似抽象画。鸟的叫声，没在那些影子里。有的叫得短促，唧唧、唧唧，像婴儿的梦呓。有的叫得张扬，喈喈、喈喈，如吹号手在吹号子。

我忍不住跑过去看。窗台上的鸟，“轰”的一声飞走，落到旁边屋顶上，叽叽喳喳。独有一只鸟，并不理睬左右的声响，兀自站在一棵矮小的银杏树上，对着天空，旁若无人地拉长音调，唱着它的歌。一会儿轻柔，一会儿高亢，自娱自乐得不行。

鸟也有鸟的快乐，如人，各自安好。

也便看到了隔壁小屋的那个男人，他正站在银杏树旁——我不怎么看得见他。大多数时候，他小屋的门，都落着锁，阒然无声。

搬来小区的最初，我很好奇于这幢小屋，它的前面是别墅，它的后面是别墅，它的左面是别墅，它的右面还是别墅。这幢三间平房的小屋，淹没在别墅群里，活像小矮人进了巨人国。

也极破旧。墙上刷的白石灰已斑驳得很，一块一块，裸露出里面灰色的墙面。远望去，像一堆空洞的眼睛，又像一堆张开的无声的嘴。屋顶上，绿苔与野草纠缠。有一棵野草长得特别茂盛，茎叶青绿，在那里盘踞了好几年的样子。有时，黑夜里望过去，我老疑心那是一只大鸟，蹲在那儿。孤单着，独自犹疑着，不知飞往何处去。他的小屋，没有灯光。

隐约听小区人讲过，他的父母先后患重病去世，欠下巨额债务，家里能变卖的东西，都变卖了。妻子耐不住清贫，跟他离了婚，并带走他们唯一的女儿。他成天在外打工，积攒着每一分钱，想尽早还清债务，接回女儿。

他的小屋旁，有巴掌大一块地，他不在的日子，里面长满野藤野草。现在，他不知从哪儿弄来一把锄头和一把铁锹，一上午都在那块地里忙碌，直到把那块地平整得如一张女人洗净的脸，散发出清洁的光。

他后来在那上面播种子，用竹子搭架子。是长黄瓜还是丝瓜还是扁豆？这样的猜想，让我欢喜。无论哪一种，我知道，不久之后，都将有满架的花，在清风里笑微微。那我将很有福气了，日日有满架的花可赏，且是免费的，多好。

男人做完这一切，拍拍双手，把沾在手上的泥土拍落。太阳升高了，照得他额上的汗珠粒粒闪光。他搭的架子，一格一格，在他跟前，如听话的孩子，整齐地排列着，仿佛就听到种子破土的声音。男人退后几步，欣赏；再跨前两步，欣赏。那是他的杰作，他为之得意，脸上渐渐浮上笑来。那笑，漫开来，漫开去，融入阳光里。最后，分不清哪是他的笑，哪是阳光了。

生活或许是困苦的、艰涩的，但心，仍然可以向着美好跑去。如这个男人，在困厄中，整出了一地的希望——一粒种子，就是一蓬的花，一蓬的果，一蓬的幸福和美好。

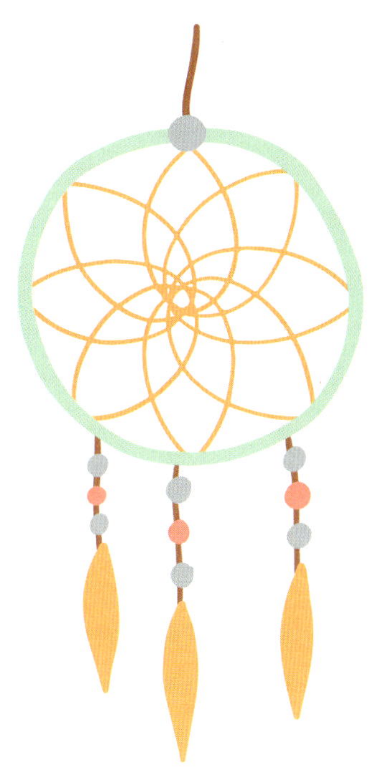

留香

知道一种叫留香的米糕，缘于我的一个学生。学生到我这里来上写作课，每周一次，在周日下午。

周日这天，午饭的饭碗一搁，我的学生就从家里出发了。她手上抱一个纸袋，里面放着笔和纸，慢慢走，一边走，一边四处闲看。她要穿过两条巷道，一条颇现代，两旁开着这个吧那个吧，大白天也是彩灯灼灼的。一条却很古旧，像洗旧的蓝衫子，两边少有楼房，都是过去的老式平房，大门朝着街道开着。一些人家因地制宜，开起小店，卖些花花草草，做些小吃食。祖传秘方的小吃，大抵都藏在这条巷道里。

我那个学生顶喜欢从那条古旧的巷道过。她每次来，都兴奋地跟我说：“老师，从那里走真享受啊！鼻子里闻到的，都是香哩，花草的香，食物的香。”

高三学生，学业过重，像载重的骆驼似的，平日里少有机会放松。她借着学写作的名头，到我这里来，其实，也就是给自己偷得半天闲。我很高兴给她提供了这样的机会。常常我们不谈写作，一人一把椅子，搬去阳台上，对坐着，聊些好像与写作无关的话题。比如，在那条古旧的巷道里，她会遇到哪些好玩的人。

说起这个，我的学生健谈得不得了。她会一一向我介绍，卖花的，卖烧饼的，做鱼汤面的，卖馒头的。有个卖水果的老头儿，整天唱喏般地招徕顾客：“又大又红的枣子哟，不甜不要钱。”隔天换成：“又大又香的香蕉哟，不香不要钱。”我的学生学着老头儿的腔调，笑得不行。

生活是庸常的，却也是有趣的，这正是生活的迷人之处。我也跟着笑，鼓励她把这些写下来。某天，我的学生一见到我，就迫不及待告诉我：“老师，那里新开了一家米糕店，叫留香。名字好好听啊，糕也好好吃耶。”

“你吃过？”我对美食，向来难抵诱惑。

“嗯，好吃极了。老师，下次来我带给你吃。”我的学生大方地承诺。

她突然笑起来，不可抑制地。

我说笑什么呢？

她说：“老师，那个做糕的女的，长得很像你。”

这不单单让我觉得有趣，更好奇了，恨不得立刻奔过去看一看。我很想知道，能取出“留香”这个诗意绵长名字的女子，是不是真的跟我很相像。

改天，没等我的学生带糕给我吃，我就寻了去。不大的门面，整洁着，上书“留香”两字。大门两侧，各在墙上吊一盆绿萝，绿的茎蔓，长长垂挂下来。进门去，藤桌藤椅，玄米茶在杯子里浅淡着，客人可随取随喝。这不像是米糕店，倒像是喝咖啡的。清新雅致的风格，很让我喜欢。

也终于见着做米糕的女子。初见她，我暗自笑了，我的学生太高抬我了，这个女子比我要年轻得多，漂亮得多。她看上去不过二十五六岁，有着一张蜜桃似的脸。一件简单的粉色卫衣套着，清秀干净。有客来，她微笑着招待，不言不语，却在举手投足间，给人以微风轻拂湖面的感觉。

客多。只一会儿，她的几大蒸笼米糕就见了底。我在边上，好不容易“抢”到两块，顾不得烫，咬一口，暄软香甜，真真是好吃。跟她讲：“你怎么会做出这么好吃的米糕呢？”她也只是微笑，不说话，笑得天晴日暖。

再去，意外得知，她原来，竟是个失聪的。四岁那年，一场高烧，导致她再也听不见了。父亲因她的失聪，最后和她母亲离了婚。成长的路上，她遍尝艰辛，失望过，甚至绝望过。所幸后来遇到一卖米糕的老人，传她手艺，她便自己开了这个小店，取名留香，是为感激老人，要留住这生命的芬香。

把她的故事说给我的学生听。我的学生动容，半晌没言语。这年高考，我的学生语文得了高分，被一所很不错的高校录取了。据她说，写作文时，她写了这个做米糕的女子。

石缝里的山百合

女友可莹喜欢在脖子上挂一坠子。坠子是她特地定做的——一方岩石上，有花开放，花红艳，像静静燃着的一星火苗，是朵山百合。

她自办的超市，连锁店已开到二十家。又遇见良人，那人疼惜她如疼惜自己的生命。她的好日子若锦上花，瓣瓣都开得喜盈盈。

曾经却不是这样。她一度想自杀，那个时候，诸多烦恼，向她纷至沓来：先是下岗；后丈夫出轨，卷走家里全部积蓄；疼爱她的母亲又重病过世。她的天空，一瞬崩塌。

她留下两封遗书，远去黄山。那个地方，一直是她向往的。与丈夫恩爱时，丈夫曾许诺，等有一天，他们赚了足够多的钱，他会带她到黄山，在那儿长住，每天看日出听风吹，相伴到终老。她想到这些，寒冷突袭全身。原来，神仙眷侣不是人人都做得的，男人的承诺，有时薄若蝉翼，经不起一点点吹弹。

她心里早就计划好了，在游完黄山后，她要择一处风景绝好的地方，纵身跳下去。

半山腰的白云，棉花糖似的，一蓬一蓬涌上来，泛着银的光。山顶的雾气，曼妙无穷。尘世是这样的美好，而她却要与它永别了，她悲伤不已地回头，就在回头的一刹那，一抹艳红，突然跳进她眼里，不由分说。那是开在石缝里的一朵山百合。

见过太多漂亮的花开在花盆里，却从未曾像那刻那样让她震惊。一朵开在石缝里的花，周围寸草不生，唯它，独独的一枝，不知经历怎样的艰难困苦，纤细着，却顽强地，从石缝里探出小脸来，笑微微的。

她站在那朵山百合跟前，落了泪。

她活着回来了。回来后，她做的第一件事就是和丈夫离婚。而后，她开始找工作，做过临时工，当过保姆，给饭店洗过盘子，也到街上摆过小摊儿，还走街串巷地收过废品，一点一点积攒，终于盘下一家因经营不善而倒闭的小商店。

渐渐地，她成了远近闻名的女企业家，常应邀参加一些商会。每次，她总会被请到台上说两句，她最喜欢说的是这样一句话：只要好好活着，总有机会，重新来过。

让每一个日子，都看见欢喜

一个从小在都市长大的女孩，受过良好教育，通音律，会钢琴，还出国留过学。回国后，她在城里拥有一份让人称羡的工作，生活安逸无虞。一次偶然机会，她去大山里游玩，被大山深深吸引住了，从此魂牵梦萦。

后来，女孩毅然决然放弃了城里的热闹与繁华，跑到大山里，承包了土地种梨树。从没握过农具的手，在挖下第一个土坑时，就起了血泡。疼，疼得钻心。

前来看她的母亲，抱住她哭，求她，我们回去吧。她却执意留下。当昔日的同事，坐在开着空调的咖啡厅里，听着音乐，品着咖啡时，她正顶着烈日，在给梨树施肥除草。渴了，就到山泉边，弯腰捧上一口溪水喝。累了，就和衣躺到草地上，头枕着山风，休息一会儿。

熟悉她的人，没有一个不说她犯傻，读了二十多年的书，接受了那么多现代教育，最后却把那些统统丢弃了，跑到大山里做起山民，这人生过得还有意义吗？

有记者拿了这个问题去采访女孩。女孩没有直接回答，而是带了记者去她的梨园。一路上，野花遍地，女孩边跑边采。时有调皮的小松鼠，从林中蹿出来，女孩冲它招招手。鸟亦多，两年的山里生活，女孩已能叫出不少鸟的名字了。梨花刚开过，青青的果，花苞苞似的冒出来。女孩轻轻掀开一片叶，让记者看她的梨。女孩说，你看，它们一天一天在长大，将会有好多人吃到它们的甜。

女孩是真心实意喜欢上山里的日子，清静，碧绿，还有鸟叫虫鸣常伴左右。女孩说，在这里，我每天都望见欢喜，我觉得很幸福。

女孩的故事，让我想起老家的烧饼炉子。

烧饼炉子在老街上，我小的时候，它就在。摊烧饼卖的，是个男人，高高的个头，背微驼。他把揉好的面，摊在案板上，手持一根小棍，轻轻轧，轧成圆圆的一块。再挖一大勺馅，加到里面。把它揉圆，再摊开，撒上芝麻，贴到烧红的炉子边缘上。旁边等的人，会不时关照两句，师傅啊，多放点馅啊。师傅啊，多撒点芝麻啊。他一一答应。

他的烧饼炉子，一摆就是四十多年。

他靠它，把两个女儿送进大学。如今，女儿都出息了，一个在北京，一个在深圳，都有房有车，要接他去安享晚年。他去住了两天，住不惯，又跑回来，守着他的烧饼炉子。每天清晨五点，他准时起床，生炉子，和面，做馅。不一会儿，上学的孩子来了，围住他的烧饼炉子，小鸟似的，叽叽喳喳地叫，爷爷，多放点馅啊。爷爷，多撒点芝麻啊。他笑眯眯地应着，好，好。

你看，这一茬又一茬人，是吃着我的烧饼长大的，他呷一口浓茶，望着街上东来西往的人，无比安然地说。那只茶杯，紫砂的，也很有些年代了。问他，果然是。跟他三十年了，都跟出感情来了，成了他须臾不离的亲密伙伴。

人生到底怎样活着才有意义？我想，遵从内心的召唤，认认真真地活着，让每一个日子，都看见欢喜，这或许才是它最大的意义所在。

与自己和解

一只瓢虫，爬上我的书桌。我用一本书去挡它的道，它稍稍愣了会儿，仿佛有点纳闷。而后它伸出触角，小心地碰了碰那本书，那本书对于小小的它来说，无异于一座山丘。

我以为它要一往无前的，然它放弃了。它果断地转身，向着别处爬去。我又用书去挡，它诧异地停下，重复先前的动作，用触角去碰那本书。等它确信，它不能推翻掉那本书时，它突然扇动翅膀，飞到近处的窗帘上。窗帘的柔软，让它觉得舒适，它稍事休息，又继续它的愉快之旅。我把窗子拉开一条缝，很快，它从那条缝隙里，爬出去了，它回到了它的自然里。

我在心里祝福了这只瓢虫，它很聪明，懂得适时放手，与自己和解。

我们人，有时却不及一只瓢虫。

认识一个叫荷的女子，才华横溢，写一手好文章，漫画也画得极有特色，是一家出版公司的图书策划编辑。出色的才干，让她很快脱颖而出，成了那家出版公司的顶梁柱。白天，她奔赴一家又一家图书市场，搞调研，写策划方案；晚上，她一头埋进约稿堆里，写作，画漫画。常常她的文章写完了，漫画画好了，窗外的天空，已发白。

“累，真累。”这几乎成了她的口头禅。她的日子里，仿佛覆盖着一场又一场大雾，茫茫复茫茫，无尽头。她没有时间完完整整听一首音乐，没有闲情去看一部电影。更遑论听听花开的声音，看看云飘的样子，她甚至没有时间，好好谈一场恋爱。

也知道这样的日子，过得很不是滋味，整天憔悴着一张脸，未老先衰，却不能停下奔跑的脚步。“我一天不努力，也许就被别人甩得远远的了。”她说。

重重压力之下，她变得越来越不快乐，最后，竟患上了严重的抑郁症。一天，她趁人不备，跳了楼。

惋惜！那些文章，她完全可以少写一些；那些漫画，她完全可以少画一点。生命之弦，原有它承载的极限和底线，绷得过紧，势必弦断。

朋友倩也曾是个十分要强的人。她经营一家大型超市，事必躬亲，事无巨细，常常累得人仰马翻，心情烦躁。直到有一天，四岁的女儿哭着对她说：“你不是我妈妈。”她大惊失色，忙问为什么。女儿答：“小朋友的妈妈，都陪小朋友玩，你从来没有陪我玩过。”

倩的心，像被一把锐器划过，尖利利地疼。那天，她放下手头一切工作，带女儿去逛公园，陪女儿去吃必胜客，她们一直玩到很晚才回家。月亮升起来了，皎洁圆润，她和女儿头挨头地一起看月亮。女儿摸着她的脸，稚嫩的声音，把她的心泡软，女儿说：“妈妈，你的脸像月亮，我好喜欢呀。”倩的眼睛湿了，那一刻，她忽然明白了，她想要的生活是什么。钱是永远赚不完的，而与女儿的相守，每一分每一秒，都是难能可贵不可再生的。

从此后，倩放缓了前行的脚步，主动与自己达成和解。她告诉我，现在她每天都去幼儿园接女儿。当她牵着女儿的小手，从一棵一棵的梧桐树下走过，从大朵大朵的美人蕉旁走过，小麻雀们排着队在树上唱歌，她嗅到了幸福的味道，浓烈的，花香般的。

人生，诗意还是失意

他参加中考那年，十六岁。成绩一直很优异，大家都预言他一定能考上小中专。那时候，考上小中专，对一个农家孩子来说，是巨大的福祉，就像传说中的鲤鱼跃龙门。

考试那天，父亲特地放下农活，送他到考场。考场门口，父亲生满老茧的手，重重拍在他的肩上，语重心长道，儿啊，你能不能跳出农门，在此一举了。他看看父亲，重重点头。

试考完，于忐忑不安中，终于等到分数揭晓。结果是喜出望外的，他竟比小中专录取分数线高出整整10分。父亲宰了家里的羊庆祝，一村人都分享到了他家羊肉的香。

以为不久之后就要接到录取通知书的，却左等右等不来，一直等到夏蝉叫遍。

转眼，九月了，学校都开学了，他的通知书还是久久未至。父亲去镇上转了一圈回来，蹲在屋檐下吸着旱烟叹气，半晌之后，才对他说，儿啊，认命吧，咱不是吃公家饭的命。

他意外地，落榜了。听说他的名额被一干部子弟挤掉了。

后来，在亲戚们的接济下，他去读高中。三年寒窗苦，他以高分被一所大学录取。生活向他铺开了花团锦簇的一面：他会在城里念书，在城里工作，在城里娶妻生子。他会过上诗情画意的生活，有带露台的房子，有书，有花，有音乐，有清风明月。十九岁青春的心里，人生就是鲜衣怒马，气吞山河。

却在大学的一次例行体检中，他被查出患了乙肝。城市还是别人的城市，他回了他的乡下。窝在十来平方米的房间里，他的心里，布满灰暗和伤痛。人生失意至此，还有什么可盼可等的？

识字不多的父亲，讲不来什么人生大道理，手里抓一把大豆，又抓一把麦子，对他说，在农村，也没有什么不好的，种下豆子就长出豆子，种下麦子就长出麦子。他后来反复回味父亲的这句话，品出另外的味道，那就是，好好活着，才是最重要的。

他的心安定下来，一边积极配合着治疗，调理着身体，一边思谋着更有意思的活法。他在房前种花。他家屋前，很快便花事沸沸，姹紫嫣红成一片。村里人有事没事都爱上他家转转，聊聊天，看看花，日子里有了温馨绵长的滋味。

夏夜，满天星斗，四周虫鸣不息，清风徐徐，送来稻花的清香。他在星光下吹笛，引得纳凉的村人们都聚拢来听。一个喜欢他笛声的漂亮姑娘，爱慕上他，后来成了他的妻。

他还迷上根雕。乡下的树木多，常有些树老去，那些被丢弃的树根，他宝贝似的捡回家，在上面精雕细琢。雕只小羊，小羊就似在吃草。雕只小狗，小狗就似在蹦跳。村人们都赞叹不已，夸他，雕得真像啊。他们把他的根雕，摆在家里堂屋最显眼处，做了最美的摆设。他根雕的名声，渐渐响了，不少人慕名而来，出重金相购。他干脆开了家根雕馆，成了远近闻名的根雕师。

他是我偶然相识的一个朋友，年近五十，一个很普通的人。他用他的经历，让我明白，人生失意总是难免的，要紧的是，在失意中，活出诗意来。好好活着，才是生命的本质。

美女

我是在朋友任职的校园内碰到她的。

她胖，且黑，看不出实际年龄。却穿红着绿，耳边斜插着一朵花，花大红，艳若朝霞。其时，她手上提着一个蛇皮袋，正弯腰捡拾地上的废纸片。我虽知各地服饰有异，但这样的装扮，总还是有点奇怪的。

朋友那儿的人，似乎个个都认得她，大家对她的装扮习以为常，热情地跟她打招呼："美女，你好啊。"他们这样叫。她不回话，只咧着嘴，笑嘻嘻，看着喊她的人。

我的惊讶，是不言而喻的。朋友未及问询，一边笑着对我说："你很奇怪吧？她的名字真的就叫美女。"朋友慢慢跟我道开了她的故事。

她天生智障，从小就没有完整地说过一句话。却爱美，喜欢穿红着绿，耳边终日不离一朵花。春插桃花，秋插菊。反正，季节里有什么花，她就插什么花。她起初也没名字，应是家里老三，姓顾，大家便都叫她顾呆三。她听见了，翻着白眼看着叫她的人，很不乐意。后来，有人开玩笑叫她美女，她听得欢喜，笑嘻嘻地应一声："哎。"那一声"哎"，脆脆的，字正腔圆。自那以后，大家便都叫她美女。她的姓，也渐渐被人忘了。

美女到了谈婚论嫁的年龄，嫁人了。男人家穷，娶不到媳妇，就把美女娶回家。美女竟很争气，很快给男人添了一个胖胖的儿子。儿子活泼可爱，能说会跳，智力完全正常。男人高兴坏了，寻思着外出赚钱，要为儿子的将来，好好积攒一笔财富。

男人先是去煤矿上做工，苦了几年，赚了第一笔辛苦钱，有了这笔钱打底，男人开始跑些小买卖，贩些袜子手套的来卖。几年后，男人竟盘下一辆二手货运车，搞运输。家里的日子，渐渐红火起来。大家都替美女高兴，看看，傻人有傻福，果真不假。

美女的儿子上小学的时候，男人出事了，货运车撞上路边的围栏，翻了下去。男人侥幸地捡回一条命，却全身瘫痪了。

美女面对这从天而降的灾祸，懵懂得很，她照旧穿红着绿，在耳边斜斜地插一朵花。却自然而然地，把一个家，给撑了起来。她天天提着一个蛇皮袋，去外面捡拾垃圾。她知道学校的垃圾最多，所以，每天都会来。大家同情她，都把废报纸废作业本给她留着。她开开心心收下，并不转身就走，而是埋头把他们的办公室，给打扫得干干净净的。美女以这样的方式，来回报他们。

有人给美女钱，她不肯要。给她吃的，她笑嘻嘻收下，自己不吃，用手紧紧捂着，带回去，给男人和孩子吃。她的男人瘫痪好几年了，还活得好好的。她的儿子，也快小学毕业了，成绩相当好。

费尽心思染作工

花店里有一种花卖，小小的一株，高不过一尺，装在小盆子里。盆子小巧，花也小巧，从密密的叶下，只绽出那一点红来，像极害羞的小女子。花是单瓣，纤纤弱弱地开着，却有着说不出来的一种可爱。捧上一盆，爱不释手地探问，这什么花呀？卖花的女人微微一笑，这是凤仙花呀，改良的凤仙花呀。心下一惊，细细看去，就看出似曾相识来，果真的就是凤仙花啊。

对这花太熟稔了，熟稔得几乎到了熟视无睹的地步。每年夏天，乡村人家的家前屋后，都是它的影啊，一大丛一大丛的。也没有谁特意栽种，它就像野火烧不尽的小草，兀自生长着。

一场夏雨后，竟来了个满场的姹紫嫣红。噼里啪啦燃开去的，是那凤仙花呀，红的，白的，紫的，黄的，极尽颜色。像用小孩子的蜡笔，一朵一朵给涂抹过。杨万里曾为此作诗云："细看金凤小花丛，费尽司花染作工。雪色白边袍色紫，更饶深浅四般红。"我觉得其中一句特形象，费尽司花染作工的，怕只有凤仙花了。

那个时候，贫穷着，乡村的女孩子没多少好衣裳穿，但爱美的心，却不肯睡了去。总是想尽办法装扮自己，没有好衣穿那有什么要紧？四季的乡村总有那些花呀草的把自己扮靓，有草做的戒指和耳坠，有花编的花环和发箍，一一戴上佩上，也就有了环佩丁当了。最欢喜的是凤仙花开的时节，每个女孩子都可以把指甲染得通红。由不得你不佩服，女孩子们扮美的本领，她们无师自通。小小年纪，就都知道采了凤仙花的叶和茎，捣碎，用明矾搅拌搅拌，搁置上一两个时辰，凤仙花的汁液就出来了。把浸着汁液的凤仙花，敷在指甲上，拿黄豆叶包住指头，再用茅草紧紧扎住。一夜过去，第二天指甲上，准留下艳艳的红。

我也曾摘下一朵一朵的凤仙花，用针线穿成花环，戴在脖子上，在乡间的土路上艳艳地招摇。就有乡人停了锄望了我笑，笑容温暖得跟凤仙花似的。这小丫头，是个人精，不知谁突然笑说一句。引起一阵和善的附和。当时我虽不知人精是什么，但隐约知道那是一句夸奖的话，小小的心立即飞扬起来，像蒲公英。

许多年过去了，忘了很多的人和事，但乡人笑吟吟的那一句“这小丫头，是个人精”的话，我却一直记得。每每想起，就莞尔不已。

一路千山万壑走下来，这一走，就是二十年。二十年的时间，足以磨平许多耐心。她却一直没有放弃，时时守在他身边，一点一点为他积攒，那束叫作希望的炭火。

比时光更坚强

蓝色的蓝

她报出她的姓时，我们都讶异极了。“蓝，蓝色的蓝。”她笑着说，红唇鲜艳。继而介绍她的名，居然单单一个字，蓝。她的名字，蓝蓝。那会儿，我们正站在蓝蓝的湖边，蓝蓝的天空倒映在湖中，如一大块蓝玉。她的名字，应和了眼前的景色。如此诗意，真是让人妒忌。

我们一行人游西藏，她是半道上加进来的。之前，她一个人已游完拉萨，还在一家医院里做了一天的义工。“也没做什么啦，就是帮人家拿拿接接的。”她满不在意地大笑起来，灿若一朵木棉花。五十多岁的人，看上去不过四十出头，明丽得很。小导游喊同团稍上年纪的女人阿姨，却叫她，蓝蓝姐。她乐得眉毛眼睛都在笑。

我们都羡慕她的明媚和精气神儿。几天的西藏行走，我们早已疲惫不堪，高原反应也还在折磨着大家，一个个看上去灰头土脸的，她却精神饱满得如枝叶葱茏。“你真不简单！”我们由衷地夸她。她听了，哈哈大笑，开心极了。

她爱笑，热情，说话幽默。一团的人，分别来自不同地方，彼此间有戒备，一路上都是各走各的，少有言语。她的到来，恰如煦风吹过湖面，泛起水花朵朵。众人受她感染，都变得活泼起来，亲切起来，有说有笑的。原来，大家都不是生来冷漠的人哪。很快地，她跟全团的人混熟了。这个头疼，她给止疼药；那个腹泻，她给止泻药；有人削水果，不小心被刀划破了手，她伸手到口袋里一掏，就掏出几块创可贴来。仿佛她会变魔术。大家对她敬佩和感激得不得了，她却轻描淡写地说："这没什么，我只不过多备了点儿常用药。"

西藏地广路遥，一个景点到另一个景点往往相距几百公里，要翻过许多座山，涉过许多条河。天未亮，我们就摸黑上路，所有人都睡眼惺忪，根本来不及收拾自己，只把自己囫囵塞进车子了事。她却披挂完整，眼影、眉线、口红，样样不缺，妆容精致。我们忍不住看她一眼，再看一眼，心里生出无限的感喟与感动来。

知道她的故事，是在纳木错。面对变幻无穷、风光诡异的圣湖，她孩子一样欢呼奔跑，然后，突然双膝跪下，泪流满面。我们都吓了一跳，正愣怔着不知怎么办才好时，听到她喃喃地说：“感谢上帝，我来了。”

原来，她身患绝症已两年。医生宣判的那会儿，她只感到天崩地裂。她在意过很多，得失名利，都曾是她的主题曲。她玩命地去争，甚至因此忽略了家庭，让自己憔悴不堪。当她知道自己的生命，只剩下短短三个月时，双手曾经紧握着的那一些东西，都成了浮云，她只要自己能活。

她重新打理自己的生活，养花种草，出门旅游，还常常去做义工，生命变得充盈起来。每天清晨睁开眼，看到窗外第一缕阳光，她的心里都会腾起一阵欢喜：感谢上帝，我又拥有了一天！她把每一天都当作是崭新的，是自己的重生。所以，心中时时充满感激。她活过了医生预言的三个月，活过了一年，活过了两年，还将活下去。

我们听得涟漪四起。生命本是如此珍贵，当爱惜。我们不再说话，一起看湖。<u>眼睛里，一片一片的蓝，相互辉映交融。</u>

那是湖的蓝，天的蓝，广阔无垠。

【真题链接】

1.文章③④⑤自然段着重描绘了“她”与“我们”的不同，请根据文章，参照示例，完成下表。

	“我们”	“她”
第③自然段	灰头土脸	明媚精神
第④自然段		
第⑤自然段		

2.2011年3月18日的《扬子晚报》刊登这篇文章时，删去了第①②自然段中画线的三个句子，请你比较阅读，你觉得删去好还是保留好，为什么？

3.文中第⑨自然段画线句含义丰富，试做分析。

眼睛里，一片一片的蓝，相互辉映交融。

4.丁立梅曾经说过：“什么是奇迹？对于我们绝大多数寻常人来说，奇迹就是你没有被打败，你战胜了你自己。”（引自《生命是用来爱和珍惜的》）结合这句话，说说文中的“她”是如何创造奇迹的。

5.这篇文章引发了同学们对“我想要的生活”的一场讨论，以下是部分同学的观点。

观点一：生活就应该像文中的“她”一样，“养花种草，出门旅游”“去做义工”，这才是丰盈的生命。

观点二：在追求事业和成就的时候有得失名利之心，无可厚非，只要合情合理合法，就不能苛责。

观点三：追求事业和成就应该是人生的主旋律，“她”的生活是在生命只剩下三个月的情况下“非常态”的选择。

观点四：功名得失、事业成就都是浮云，生活在于把每一天当作最后一天来享受。

你是怎么看的？你可以赞成上述某个观点，也可以反对某个观点，或者提出自己的新观点。请阐明理由。

佳句摘抄

★她的到来，恰如煦风吹过湖面，泛起水花朵朵。众人受她感染，都变得活泼起来，亲切起来，有说有笑的。

★面对变幻无穷、风光诡异的圣湖，她孩子一样欢呼奔跑，然后，突然双膝跪下，泪流满面。

★我们听得涟漪四起。生命本是如此珍贵，当爱惜。我们不再说话，一起看湖。眼睛里，一片一片的蓝，相互辉映交融。

【阅读有道】

不动笔墨不读书

古人说，不动笔墨不读书。开始读书，就要拿起你的笔，打开你的笔记本。

《蓝色的蓝》是丁立梅老师的一篇经典散文，文质兼美，可供我们借鉴的地方有很多。文章写“我”在西藏旅游途中遇到的一个女子的名字之美、乐于助人的心灵之美、在癌症面前坚强生活的精神之美。叙事跌宕起伏，手法丰富多样，尤其是以湖水之蓝、天空之蓝来烘托人物，契合人名，让语言增添了几分诗意。

作者善于运用对比的手法，把身处西藏的我们的“灰头土脸”与蓝蓝的“精神饱满得如枝叶葱茏”进行对比，把蓝蓝到来之前我们大家之间“彼此间有戒备”和蓝蓝到来后“变得活泼起来，亲切起来”进行对比，把蓝蓝最初的“眉毛眼睛都在笑”和“双膝跪下，泪流满面”进行对比，三组对比，让故事情节跌宕起伏，让人物形象饱满生动。

《蓝色的蓝》，语言很美，描绘蓝蓝的湖水，如诗如画：“我们正站在蓝蓝的湖边，蓝蓝的天空倒映在湖中，如一大块蓝玉。”看到如此美丽的语言，我们不妨拿起笔画上一道线，或者重重地打上一个感叹号，还可以在书的旁边写上自己的感受，甚至在自己的读书笔记上抄上一遍，仿写一句。如此这般，这篇散文，不再仅仅存在于丁立梅的散文中，还存在于你的笔记中，存在于你的心中，运用到你的文章中，进而改变了你的阅读方式和生活方式。

拿起你的笔，在你喜欢的语言下面画上一道线；拿起你的笔，在你有所感动的句子旁边写下你的感动；拿起你的笔，在你获得启示的地方写下你的启示；拿起你的笔，写下你的疑问；拿起笔，写下你的思考……

掌心化雪

那个时候，她家里真穷，父亲因病离世，母亲下岗，一个家，风雨飘摇。

大冬天里，雪花飘得紧密。她很想要一件暖和的羽绒服，把自己裹在里面。可是看看母亲愁苦的脸，她把这个欲望，压进肚子里。她穿着已洗得单薄的旧棉衣去上学，一路上被冻得瑟瑟。她想起安徒生的童话《卖火柴的小女孩》，她想，若是她也有一把可供燃烧的火柴，该多好啊。她实在，太冷了。

拐过校园那棵粗大的梧桐树，一树银花，映着一个琼楼玉宇的世界。她呆呆站着看，世界是美好的，寒冷却钻肌入骨。突然，年轻的语文老师迎面而来，看到她，微微一愣，问："这么冷的天，你怎么穿得这么少？瞧，你的嘴唇，都冻得发紫了。"

她慌张地答："我不冷。"转身落荒而逃，逃离的身影，歪歪扭扭。她是个有自尊的孩子，她实在怕人窥见她的贫穷。

语文课，她拿出课本来，准备做笔记。语文老师突然宣布：“这节课我们来个景物描写竞赛，就写外面的雪。有丰厚的奖品等着你们哦。”

教室里炸了锅，同学们兴奋得叽叽喳喳，奖品刺激着大家的神经，私下猜测，会是什么呢？

很快，同学们都写好了，每个人都穷尽自己的好词好语。她也写了，却写得索然，她写道：“雪是美的，也是冷的。”她没想过得奖，她认为那是很遥远的事，因为她的成绩一直不引人注目。加上家境贫寒，她有多自尊，就有多自卑，她把自己封闭成孤立的世界。

改天，作文发下来，她意外地看到，语文老师在她的作文后面批了一句话：“雪在掌心，会悄悄融化成暖暖的水的。”这话带着温度，让她为之一暖。令她更为惊讶的是，竞赛中，她竟得了一等奖。一等奖仅仅一个，后面有两个二等奖，三个三等奖。

奖品搬上讲台，一等奖的奖品是漂亮的帽子和围巾，还有一双厚厚的棉手套。二等奖的奖品是围巾，三等奖的奖品是手套。

在热烈的掌声中，她绯红着脸，从语文老师手里领取了她的奖品。她觉得心中某个角落的雪，静悄悄地融化了，湿润润的，暖了心。那个冬天，她戴着那顶帽子，裹着那条大围巾，戴着那副棉手套，严寒再也没有侵袭过她。她安然地度过了一个冬天，一直到春暖花开。

后来，她读大学了，她毕业工作了。她有了足够的钱，可以宽裕地享受生活。朋友们邀她去旅游，她不去，却一次一次往福利院跑，带了礼物去。她不像别的人，到了那里，把礼物丢下就完事，而是把孩子们召集起来，温柔地对孩子们说："来，宝贝们，我们来做个游戏。"

她的游戏，花样百出，有时猜谜语，有时背唐诗，有时算算术，有时捉迷藏。在游戏中胜出的孩子，会得到她的奖品——衣服、鞋子、书本等，都是孩子们正需要的。她让他们感到，那不是施舍，而是他们应得的奖励。温暖便如掌心化雪，悄悄融入孩子们卑微的心灵。

【真题链接】

1. 选文第②自然段画线的句子中“压”字用得精练、准确，请做具体分析。

2. 语文老师为什么把“她”描写的“雪是美的，也是冷的”确定为唯一的一等奖？

3. 选文中语文老师形象鲜明，请结合选文分析，语文老师是一个怎样的人？

4. 在第⑪和⑫自然段中，“她”一次次跑到福利院，和孩子们做游戏，给他们发奖品，“她”为什么会这么做？

5. 选文的题目“掌心化雪”用了比喻的手法，请你联系全文说说“掌心化雪”的意思。

佳句摘抄

★拐过校园那棵粗大的梧桐树，一树银花，映着一个琼楼玉宇的世界。她呆呆站着看，世界是美好的，寒冷却钻肌入骨。

★她觉得心中某个角落的雪，静悄悄地融化了，湿润润的，暖了心。那个冬天，她戴着那顶帽子，裹着那条大围巾，戴着那副棉手套，严寒再也没有侵袭过她。她安然地度过了一个冬天，一直到春暖花开。

★温暖便如掌心化雪，悄悄融入孩子们卑微的心灵。

【阅读有道】

甘做那一条水草

徐志摩先生在《再别康桥》中无限诗意地写道：

那河畔的金柳，
是夕阳中的新娘；
波光里的艳影，
在我的心头荡漾。
软泥上的青荇，
油油的在水底招摇；
在康河的柔波里，
我甘心做一条水草！

康河实在太美，实在太富有诗情画意，实在太具有魅惑。于是徐志摩先生宁愿忘却自己，情不能已地说“我甘心做一条水草”。徐志摩先生似乎认为只有做这康河里的一条水草，才能去领略、去感受、去欣赏这康河的一切诗情画意。

徐志摩先生欣赏康河如此，我们阅读亦如此。

作家用心为我们描绘了美丽的画卷，为我们展现了这人世间的纯真、至善、大美，我们阅读时，也要用心去体味、去感受。

《掌心化雪》为我们展示了一幅爱的图画，语文老师为了帮助“风雨飘摇”中的学生，满是爱心地设计了一次景物描写的写作比赛，“堂而皇之”“光明正大”地帮助了“她”，让她“心中某个角落的雪，悄悄地融化了”；她大学毕业后传承了这份爱，送给福利院孩子各种奖品，给孩子们送去了温暖。阅读这样的文章，要“甘心做一条水草”——把自己带入文中，去感受老师和“她”的心灵之美——他们的善举不是施舍，是一个生命对另一个生命的关怀，是一个生命对另一个生命的尊重。

不仅如此，丁立梅老师的散文除了有情感的温度，还有语言的温度，面对“掌心化雪”“春暖花开”这样一些令人心暖的文字，充分展开想象的翅膀，设想自己置身于“面朝大海，春暖花开”的情境，设想自己手捧晶莹剔透的雪花，任雪在掌中渐渐融化，一滴一滴清澈的水，从掌中滑落，精灵一般，落在地上，融入泥土，最后滋润了土地，唤醒了春天，催开了花朵，芬芳了这个世界。

阅读，不是一个人漠然地面对着一本冷冰冰的文字，而是一个生命用满腔的热爱在感受另一个生命用爱写成的文字，如同那一条水草，在康河的柔波里感受那金柳、那艳影。如此，阅读者的感悟能力、欣赏能力也就得到了提升，阅读者的生命也就渐渐丰盈起来，温润起来。

【经典赏析】

每一颗种子，都有它自己的奇迹

一

长文竹的盆子里，冒出一棵小草来。起初也只那么一小点儿，一分硬币大小，羞怯怯的，试探式的。知道这是人家的地盘呢，它也只是贪玩了，来串门一回。

然试着试着，它的胆子大起来，看文竹没什么反应，它干脆把文竹挤到一边去，自己在里面安营扎寨，大有喧宾夺主的意思。

我饶有兴趣地，每天跑去看看它。我很想知道，一棵小草到底会长成什么样子。

日子里，便充满期待和成长的喜悦。

小草从不让我失望，它每天都会抽出一些新叶来，小指甲那么大。绿，绿得翠翠的，透透的。想着，摘了它，什么调料也不用放，生吃了，一定满嘴脆甜——我也只这么想着，没舍得摘它。

它也不时旁生出几枝茎。叫“枝”其实不准确，应该叫“丝”才是。是

那么细小而柔软的茎，薄丝一般的，上面却缀满绿的叶，好像是谁一针一线给绣上去似的。

它居然，也开花了，花细小得像米粉。它就那么一边长叶、抽茎，一边开花，忙得很。

我很想对它说感谢。我知道它不爱听，它只管生长着它的。那么，我也只管静静赏着我的。它让我柔软，让我想对这个世界温柔。

它最终长成繁茂的一大捧。撑不住了，松松的，倒垂下来。表现得随意而疏离，像漫不经心的女子，松绾着发，松挽着衣，就那么斜斜地倚着门框，睥睨着你，眼中一抹似笑非笑的水色，让你一见，立即酥了骨头。

我拍了照片上网。我的读者大惊，什么植物？这么漂亮！

哦，亲爱的，它不过是棵小草。你看，一棵小草也可以美好成这样。作为人类的你，更可以美好起来的啊！

每一颗种子，都有它自己的奇迹——这是植物们告诉我的。

二

我手上如果有一颗种子，我绝不会随手扔了它，而是会把它种在一盆土里。

我种过苹果、西瓜、柚子、桂圆、火龙果、荔枝、橘，都是吃完的水果种子。它们有的会发芽、成长，像柚子和火龙果，很快蓬勃出一盆的新绿来。大半年的时间里，它们都是我书桌上最美的景致。

有的，暂不会发芽。我也不难过。得之，是意外；不得，也在情理之中。我很享受的是这种可遇不可求的缘分。

我买洋葱，吃剩下的，放冰箱里。日子久了，半颗洋葱头竟在冰箱里发了芽。我找只花瓶，把它插进去，它就不停地长啊长，长出肥绿的一串儿。有人说它是风信子，有人说它是水仙花——我得意，告诉他们，不是，是洋葱头啊。

洋葱头也有梦想的。

我还在泥盆里栽过生姜。生姜拱出的新绿，像竹，摇曳生姿，极有看头。我看书或写字累了，就踱到它身边去，一盆的新绿，染绿我的眼，我的心。这意外所得，如同赐予。

我还在碗里种过菜花，和小野菊。它们一律地，都端给我一盆的好颜色，让我的日子，充满欢喜和甜蜜。

不要埋怨生活不优待你。你要扪心自问的是，你优待过它吗？

还是请从一颗种子入手吧，爱它，珍惜它，你将收获到许多意想不到的快乐。那里面，期待有，惊喜有，美好有。更重要的是，它让你学会执着、柔软和善良。

笔缘

我是被他店里的古朴吸引住的。

店门口，青花蓝布之上，悬一支特大号的毛笔。笔杆是用青花瓷做的。谁舍得用这笔来写字啊，得收着藏着才是。

这是边陲古镇。一街的鼎沸之中，它仿佛一座小岛，安静得不像话。

我也才从那大红大绿的热闹中走过来。看见这店，身旁的大红大绿全都走远了，喧闹声响也都走远了，人自觉静了。

怎么能不静？看他，静静的一个人，像支悬在墙上的狼毫。白衬衫，褐色皮围裙，戴一顶卡其帆布帽，安坐于店堂口，手握镊子，膝上摊一堆说不上是什么动物的毛，一根一根地拣。他每拣一根，都要对着光亮处仔细看一下，分辨出毛的成色、锋颖、粗细、直顺等等。复低头，再拣。这样的动作，他不厌其烦地做，一做十五年。

店堂狭窄，只容一人过。两边墙壁上，悬着字画。笔架上，各色各样的毛笔，或插着，或悬着，或躺着。有长有短，有粗有细，总有成百上千支吧。这些，全都出自他的手。一根毛一根毛地挑出来，然后，浸泡于水中，用牛

角梳慢慢梳理，去绒、齐材子、垫胎、分头、做披毛，再结扎成毫。他说，做成一支毛笔，要一百二十道工序，每一道，都马虎不得。

从前他不是做笔的。他父亲是。他父亲的父亲也是。算是祖传了。父亲做笔，名声很大，方圆几百里，都叫得响。有个顶有名的书法家，专程跑上几百里，来买他父亲做的笔，一买几十年。书法家说，不是他父亲做的笔，那字，就不成字了，总也写不出那种味道来。

父亲临终前，难咽气，说断了祖宗手艺。他当时在一家机械厂任职，还是个副厂长呢，多少人羡慕着啊。可是，为了让父亲能闭上眼睛上路，他选择了辞职，拿起镊子和牛角梳。

这一做，就放不下了。说是热爱，莫若说是习惯了吧。每天早上醒来，他总要摸摸镊子和牛角梳，再把室内所有的笔，都数望一遍，才安心。这种感情，不能笼统地说成执着或是热爱。它是什么呢？就好比你饿了要吃饭，你渴了要喝水，你打个喷嚏会流眼泪，就这样自然而然的。哎呀，说不清啦，最后他这么说。

他辗转过不少地方，带着他的手艺。我这卖的不是笔，卖的是懂得，他强调。现在，能静下心来写字画画的人少，懂得欣赏这种手工艺的行家，更少了。他来到这边陲小镇，一年四季观光客不少，也总能碰上一两个懂笔的知己。所以，他住了下来。有个安徽的书法家，跟他订制了十万块钱一支的羊毫。那得在上万只羊身上，挑出顶级的毛，没有任何杂质，长短色泽粗细都一样。他为做这支羊毫，花费了大半年时间。

遇到懂它的人，值！他笑了。房租却越来越贵，原来的店铺有两大间呢，宽敞明亮的，好着呢。现在只剩下这么一小间了，他说。

他有两个孩子，一儿一女，都念初中了。孩子却对做笔没兴趣，有时放学回来，他让他们帮着拣拣毛，他们却弄得乱七八糟的。坐不住哇。做这个，得耐得住性子，还要耐得住寂寞。

他姓章，叫章京平。江西人。他在他做的每支笔上，都刻上了他的名字。

我不懂笔。但我还是问他买了两支，八十块钱一支。笔杆上镶了一圈青花瓷，很典雅。我带回来，插在书房的笔筒中，外面的桂花或是梅花，开得正好的时候，我会掐一两枝回家，和这两支毛笔插在一起。

穿旗袍的女人

六年前，我在一个小镇住。小镇上有个女人，三十多岁的模样，无职业，平时就在街头摆个摊，卖卖小杂物，如塑料篮子瓷钵子什么的。

女人家境不是很好，住两间平房，有两个孩子在上学，还要侍奉瘫痪的婆婆。家里的男人也不是很能干，忠厚木讷，在一工地上做杂工。这样的女人，照理说应该是很落魄的，可她给人的感觉却明艳得很，每日里在街头见到她，都会让人眼睛一亮。女人有如瀑的长发，她喜欢梳理得纹丝不乱，用发卡盘在头顶上。女人有颀长的身材，她喜欢穿旗袍，虽然只是廉价的衣料，却显得款款有致。她哪里像是守着地摊赚生活啊，简直就是把整条街当成她的舞台，活得从容而优雅。

一段时期，小街人茶余饭后，谈论得最多的就是这个女人。男人们的话语里带了欣赏，觉得这样的女人真是不简单。女人们的言语里却带了怨怼，说，一个摆地摊的，还穿什么旗袍！隔天，却一个一个跑到裁缝店里去，做一身旗袍来穿。

女人不介意人们的议论，照旧盘发，穿旗袍，优雅地守着她的地摊，笑意盈盈，周身散发出明亮的色彩。这样的明亮，让人没有办法拒绝，所以大家有事没事都爱到她的摊子前去转转。男人们爱跟她闲聊两句，女人们更喜欢跟她讨论她的旗袍，她的发型。临了，都会买一两件小商品带走，心满意足地。

几年后，女人攒足了钱，再贷了一部分款，居然就买了一辆中巴车跑短途。她把男人送去考了驾照，做了自家中巴车的司机。她则随了车子来回跑，热情地招徕顾客。在来来去去的风尘之中，她照例是盘了发，穿着旗袍，清清丽丽的一个人。她的车也跟别家的不同，车里被她收拾得异常整洁，湖蓝色的坐垫，淡紫色的窗帘，给人的感觉就是雅。所以小镇人外出，都喜欢乘她的车。

她的日子渐渐红火起来，却不料，竟很意外地出了一起车祸。所赚的钱全部赔进去了，还搭上一辆车和几十万元的债务。她的腿部也受了很重的伤，躺在医院里，几个月下不了床。小镇人都说，这个穿旗袍的女人，这下子倒下去是爬不起来了。

可是半年后，她却在街头出现了，干着从前的老本行——摆地摊儿，卖些杂七杂八的日常生活用品。她照例盘发，穿旗袍。腿部虽落下小残疾，但却不妨碍她把脊背挺得笔直，也不妨碍她脸上挂上明亮的笑容。

我离开小镇那年，女人已不再摆地摊儿了，而是买了一辆出租车在开。过两年，小镇有人来，问及那个女人。小镇人说，她现在发达了，家里有两辆车子，一辆跑出租，一辆跑长途。

最近又听小镇人说，女人新盖了三层楼房。我问，她还盘发吗？还穿旗袍吗？小镇人就笑了，说，如果不盘发，不穿旗袍，她就不是她了。真的呢，她还跟从前一样漂亮，一点儿没见老。

这样的女人，是应该永远活得如此高贵的，是从骨子里透出来的那种高贵，什么样的艰难困苦也湮没不了她。

放风筝

女人想放风筝。

三月天，阳光温暖得像一朵朵花。南来的风，渐渐变得柔软起来温情起来，抚摸着每一个路过的人，抚得人的骨头都发了酥。女人的心里，生出一根绵长的藤蔓来，向着风里长啊长：这样的风，多适合放风筝啊。

是打小就有这个愿望的，要在三月的风里，尽情地放一回风筝。女人的父亲去世得早，母亲又多病，她是家里的长女，早早便承担起养家的责任。女人清楚地记得，那个时候，也是三月天，桃花一枝一枝地，在人家屋前绽放。风轻轻拍打着村庄。弟弟妹妹们拿了破牛皮纸，糊在竹片上，制作成简易的风筝，在田埂边放飞，快乐的叫声震天震地。女人也只是远远望一眼，羊还在等着吃草，母亲的药还在等着煎，她哪里有那份闲空呢？

终于等到弟弟妹妹们长大，女人这才卸下肩上的担子。收拾一番，她把自己嫁了。家也不富裕，男人常年在外打工，女人守着家，操持着家务和农活。曾经放风筝的愿望，已是隔着山隔着水的，摸也摸不着。

后来，女儿出生了，女人的全部心思，都放到了女儿身上。女儿是幸运的，每年三月，男人都会给女儿买一只风筝回来。女人看风筝的眼睛，不自觉地就会汪上一汪水。多漂亮的风筝啊，女人忍不住伸出手来，摸了又摸。

男人根本没留意女人的眼光，男人说，我陪孩子放风筝去啦，你把我包里的脏衣服洗一下。女人缩回手，答应一声，拿了澡盆，泡上脏衣服，开始埋头洗。心却是不安的，直到她抬头看见女儿在田埂边拍手跳，看见“花蝴蝶”飞上天了，越飞越高，越飞越高，女儿和男人跟着花蝴蝶在奔跑，女人这才笑了。女人痴痴看一会儿，复埋下头，一心一意洗衣服。

女儿大了，念完大学，留在城里，有了自己的天地。男人也不再外出打工了，在家里帮女人种种地，养些鸡鸭鹅的。家里虽仍不富裕，但吃穿不愁。女人突然松懈下来，在大把的时间里发呆，曾经以为湮灭掉的愿望，开始在心里泛着泡泡儿，让她不得安神。她对男人说，我想放风筝。

放风筝？男人笑了，以为女人在开玩笑。都五十来岁的人了，怎么想玩孩子们玩的玩意儿？这不让人笑话嘛！男人就说，好端端的，放什么风筝呢？

女人执拗地说，我就是想放风筝。

男人看看女人，再看看女人，女人的神情，从未有过的认真。男人心里

“咯噔”了一下，男人依稀记起以前女人看风筝的样子，恋恋的。是他疏忽了，女人原是如此喜欢风筝。

男人真的去买了一只风筝，花花绿绿的，像只漂亮的花蝴蝶。三月的风里，“花蝴蝶”飞上天，女人的心，跟着飞啊飞。能这么放一回风筝，这辈子没白活，女人扯着风筝的线，幸福地想。

远远近近的人，都停下来看。他们不看风筝，看放风筝的女人。四野安静，头上已霜花点点的女人，是多美的一道风景啊。

口红

女人想要一款口红，想好久了。

玫瑰红的。女人看见来她地摊前的女顾客唇上，抹着那种色彩的口红。女顾客的嘴唇看上去娇嫩欲滴，像两瓣玫瑰花。女人的眼光扫过去，女人就移不开眼光了。

女人后来又在不同的女顾客唇上，看到了那种红，娇嫩的，鲜艳的。

女人也想这么鲜艳一回。

大半辈子过下来，女人一直生活在奔波忙碌中。小时，家里兄弟姐妹多，不用说口红，连吃穿都成问题。待到嫁了人，男人与孩子，成了女人的天，女人围着他们团团转，根本没有心思去装扮。孩子稍大一些，女人和男人，双双下了岗，当务之急，是解决生存问题。口红？女人压根儿就没想过这回事。后来，男人去开出租，女人摆了地摊，卖些杂七杂八的小物件。

女人的摊子，摆在一条街道边。那里，有一溜排开的摊子，卖水果的，卖服装的，卖烧烤的，卖小炒的，烟火凡尘，熙熙攘攘。摊主大多数是些中年妇女，她们衣着随便，皮肤黝黑，看上去比实际年龄大许多。女人看见她们，就望见自己，她在心里叹一口气，想要那款口红的欲望，越发强烈了。

这辈子，女人就想鲜艳一回。

很快，女人的生日到了。男人问："想要什么？"

女人没好意思说要口红。女人怕吓着男人，摆地摊与抹口红是不搭界的。何况，她年纪已是一大把了。

女人却无法放下对那款口红的想念。

女人终于鼓起勇气走进商场。

在化妆品柜台，她一眼就看到了那款口红。千真万确，就是它，玫瑰红的！它站在柜台上的商品架里，和其他口红一起，鲜艳娇嫩，等着嘴唇来与它相亲。

女人激动了，她在商品架旁不停地打转，怕别人瞧见了笑话，她只能看一眼那款口红，再看一眼别的化妆品。卖化妆品的女孩，甜甜蜜蜜地朝她走过来，涂得鲜红的两片小嘴，轻轻张开："阿姨，您想买什么？"

女人盯着女孩两片嘴唇看，慌了，伸手一指："我想要点凡士林，天天风里吹的，手都裂了小口子了。"

女孩粲然笑了："阿姨，我们这里不卖凡士林的，要不，您去超市看看？超市可能有。"

女人尴尬地"哦"了一声，红了脸，退出门去。心却不甘，她在大门口徘徊半天，终又再次走进商场。

这回，女人直奔那款口红去了。女人未等卖化妆品的女孩开口，就指着那款口红说："我想买……这个，送给我女儿。"女人撒了谎，她只有一个儿子，并无女儿。

口红的价钱，超出女人的想象，一百多块呢。女人狠狠心，还是买下它。

女人揣着口红回到家，立即对着镜子，在唇上抹开了。镜子里的双唇，多像两瓣盛开的玫瑰花啊。女人独自欣赏了会儿，拿纸巾，轻轻擦掉。

出门，女人继续去摆她的地摊，容光焕发。和她相邻摆水果摊的妇人，盯着女人的脸看半天，说了句："你今天的气色真好。"

女人笑了。因为心上装着一款口红，整个人，竟不一样了。女人想，以后每天都这么抹两下，美给自己看。

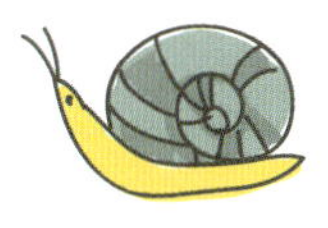

女人如花

她居然叫如花，王如花。别人唤她："如花，如花。"乍听之下，以为定是个有闭月羞花之貌的小女子。而事实上，她快五十岁了，人长得粗壮结实，脸上沟壑纵横。

最感染人的是她的笑，笑声朗朗，几里外可闻。我最初是因她的笑注意到她的，一群人中，她的笑，如金属相叩，叮叮当当。

门楣儿不惹眼，是一间旧房子，上悬一块木牌：家政服务中心。一屋的人，不知说起什么好笑的事，惹得她笑得上气不接下气。看到我在看她，她的笑并未停住，而是带着笑问："小妹子，你需要什么服务？"说话间，她已掏出名片，递到我跟前。

这委实让我吃一惊。低头看她的名片，"王如花"三个字，显目得很。底子上印一朵硕大的红牡丹，开得喜笑颜开。背面的字，密密的，从做家务活儿到做护理，她一一道来，似乎样样精通。当得知我只是需要清洁房子时，她手臂有力地一挥，爽朗地笑着说："这事儿简单，包在我身上，我保管帮你把房子打扫得连颗灰尘粒儿也找不着。"

当日，她就带了两个女人到了我家。一个年纪轻的，她说是她侄女，大

学毕业了一直没找到工作。“干这个也挺好的，小妹子你说是不是？”她笑着问我。一个年纪稍大一些的，她说是她妹妹。“在家闲着也闲着，我让她来搭搭手。”她乐呵呵地说。

看看楼上楼下这么大的地方，我充满疑虑，说：“你们行吗？”王如花哈哈大笑起来，她说：“小妹子，你放心吧，我说行。”

她果真行。不到半天时间，我家里已大变样，窗明几净，地板光可鉴人。她额上沁满汗珠，笑声却一直没停过。她说：“小妹子，我说个笑话给你听啊，有次有个男人，打电话到我们家政服务中心，让人把煤气罐从楼下扛到他家住的六楼去。我去了，那男人一看是我，不乐意了，说，咋不叫个男的来？我说，我先试试。我扛了煤气罐就上了楼，他人跟后面追都追不上。”

跟我说起她的故事来，她也一直笑着。男人因病瘫痪在床，都十多年了。唯一的儿子，跟人学了坏，被判刑入狱，现在还待在牢里。她去探监，跟儿子说了这样一句，儿子，妈妈会陪你重活一次，就当重生养你一回。说得儿子眼泪汪汪。

她说：“小妹子，我儿子会学好的。”

她说：“只要人在，日子会好起来的。”

我点头。我说：“我信。”

她的活儿干得利索，收费也公道。结完账，我把清理出的一堆废报刊，送给了她。她很开心，冲我朗声笑：“小妹子，以后你家里有事需要我，你只要打我名片上的电话，我保管随叫随到。一回生，二回熟，我们以后就是老朋友了。”

我因她那句老朋友的话，独自莞尔良久。

小城不大，经常遇到王如花。遇到时，她老远就送上朗朗的笑来，热情地跟我打招呼。有时，我在前面走着，突然听到后面的人群里，有人叫：“如花，如花。”而后，我听到一阵笑声，如金属相叩，叮叮当当。不用回头，我知道那准是王如花。

高贵的宁静

初见小闫，觉得他特西藏的样子，皮肤黝黑，头发微卷，一袭藏袍加身。看不出实际年龄，二十多，或是三十多。

因火车晚点，小闫接到我们时，已是凌晨两点。拉萨的天上，挂着一个大而圆润的月亮。

小闫热情地来握我们每个人的手，嘘寒问暖的，满脸璀璨的笑，牙齿泛着月光色。他给我们献上洁白的哈达，嘴里亲热地叫着大哥大姐小弟小妹。“欢迎你们来到美丽的西藏！扎西德勒！”他不厌其烦，一遍一遍地说，把他的话送到每个人心上。

高原的不适，被他的真诚冲淡了，大家兴奋地围着他，找到亲人般的。从唐古拉山过来后，就一直病歪歪的一大姐，也被他感染了，精神抖擞地跟着他说：“扎西德勒！”

后来的数天，小闫一直跟我们朝夕相处着，是我们游西藏全程的导游。西藏线路长，每日奔波在路上需十来个小时，加上高原缺氧，有些人身体吃不消，闹起情绪来。小闫一再道歉，仿佛那都是他的错。他自掏腰包买了西瓜请大家吃，并找着乐子逗大家，问：“朋友们，你们知道来过西藏的客人都怎么形容西藏吗？”

“美！”我们不约而同地说。的的确确。西藏除了美，真的再找不到好的词来形容它。天蓝得似水晶。云是成群结队、前呼后拥的，一律的白而绵软。放眼处，山高水阔，云雾缭绕。草甸上，羊群或是牛群，似散落的珠子，白的，黑的，镶嵌在绿色的“地毯”上。山坡下，间或端出一大片开得好好的油菜花，惹得大家一阵惊叫，油菜花呀！八月天里能见到油菜花，实属幸福。还有高入云端的雪山，琼楼玉宇般的，在云雾的环抱中忽隐忽现，美得让人心疼。人间仙境，非西藏莫属。

小闫笑了：“其实我们西藏，可以用四个字来形容：‘大美西藏’！”

大伙不依，齐声叫起来：“嘀，这哪里是四个字，分明还是一个字，美！”

“看来我还真骗不了你们。”小闫狡黠地眨了眨眼，说，“对啊，就是美。这样的美，是我们人生中不可多得的相遇啊，也许我们这辈子再也不会来西藏了，这一次我们一定要坚持到最后，使劲地看，把西藏最美的景致带回家。朋友们，你们说对不对？”

“对！”众人响应。

“好，那就让我们眼睛在天堂，身体在地狱，心在飞扬吧！”小闫的手在半空中用力一挥。这一挥，把一车人的激情全调动出来了，大家跟着他学说藏话，学念六字真言，听他讲西藏的风土人情。路再远，身体再不适，亦不觉得。

当一车人扑向一个景点，小闫只倚在车旁，静静地等。他手上把玩着一串玻璃珠子，眼光越过一群一群的人，望向远方，疲惫的，又是深情的。有人好奇，打趣他："小闫啊，西藏处处是金是银是绿松石红珊瑚什么的，你怎么还玩这种破玻璃珠子？"

小闫一愣，不好意思地笑，与先前神采飞扬的导游判若两人。他低头，轻轻抚着玻璃珠子，说："这是我女儿给我的礼物呢。"

大家这才得知，小闫根本不是西藏人，他家远在山东，他是来援藏的导游。本来说好待满四年就回去的，但临走，他不舍得了，他留了下来。他来西藏那年女儿刚出生，如今女儿都七岁了。他偶尔回家探亲，女儿一路高叫着告诉别人，西藏的爸爸回来了。他听到，心很疼，但最后他还是回到这里。

"这里有一种无形的力量在牵着我，让我离不开它，也许有一天我终究会回去，但我将非常想念它。"小闫说。我们齐齐点头，我们信。不远处，白日光照着雪山圣湖，寥廓晶莹，有着高贵的宁静，动人心魄。我们一边欢喜着，一边惆怅着，尚未离别，已开始想念，竟不能自已。

比时光更坚强

他出生的时候，亲人们还不曾来得及欢喜，就跌进深不见底的冰窟窿中——他居然，是个脑瘫儿。前路遥遥，漆黑一片，不见一丝光亮。

痛得最锥心的，是他的母亲，那个叫陈立香的女人。十月怀胎有过多少美好的想象啊，想象他的帅气与聪明，想象他的活泼与可爱，却从不曾想过，他会脑瘫。

无数的日夜，她对着他，泪流成河。他却无知无觉。两岁多了，还听不见声音，不会说话不会走路，眼睛斜视嘴巴歪着……她抱他入怀，肌肤贴着肌肤，有种奇异的感觉，穿心而过。那是他传递给她的温度。即使他痴着傻着，他依然是她，最疼的骨肉。

母爱在那刻长成参天的树。她为他，辞去工作，专门回家带他。她给他唱儿歌，背唐诗，讲故事……日子一天叠着一天，日月轮转，她在日月轮转里，早早地白了头。却有一个信念不倒，那就是，她宝贝的意识只是睡着了，她会唤醒他。

她真的唤醒了他。他开口说话了，虽然吐字不清，可在她听来，不啻天籁。后来，他又开始学走路了，一步一步，每一步的迈进里，都有她虔诚的欢呼和期待。到了上学年龄，她作出重大决定，要送他去上学。所有人都觉得不可思议，他虽然可以说话可以走路了，但行动并不利索，与同龄孩子的伶俐相比，相去甚远。有人劝她：“别折腾了吧，他现在勉强能说能走，已是最大造化，你还要怎的？”

她却坚定着自己的坚定，一定要让他读书识字，让他和其他正常孩子一样。费尽周折，她把他送进学校。

从此，他一个人独自背着书包去上学。一路上，摔过不知多少跟头，她就在后头跟着，却狠着心不去扶他，任泪水在她脸上肆意流。他手握不住笔，她想尽办法，用布条子，把笔缚在他手上。于是纸上留下一道一道歪歪扭扭的线条，那是他写的字。她看着笑了，在她眼里，那是盛开的花瓣……

一路千山万壑走下来，这一走，就是二十年。二十年的时间，足以磨平许多耐心。她却一直没有放弃，时时守在他身边，一点一点为他积攒，那束叫作希望的炭火。终于在他二十岁那年，那些炭火，化作熊熊大火燃烧——他考上大学了！

他进大学读书时，有记者得知他的经历，很感动，特地采访他。他激动得脸憋得通红，讷讷半天，在一张纸上深情地写道："感谢妈妈！"

她知道了，热泪长流。

二十年的含辛茹苦，这世上，除了母亲，谁还能做出这样的坚持？

落日下的画画人

他曾是一个流动乐团的台柱子。

说是乐团，不过由三五个无业青年凑成，都会玩点儿乐器，都能吼上两嗓子。一日，聚一起闲聊，一人突然眼睛亮亮地看着他说，我们组个乐团吧，你主唱，我伴奏，准能挣大钱。他在家里正闷得慌，随口答应，好啊。

乐团很快建起来。他挑了些歌，都是能唱出人的眼泪来的，随便演练了一下，就上阵了。

演出地点选在人多的广场。一人做了一个大的募捐箱带上，他有异议，搞募捐不好吧？那人开导他，我们一不偷，二不抢，人家愿意捐就捐，不愿意捐，我们也不勉强，有什么不好呢。他想想，也是。自己安慰自己，我这也是靠劳动吃饭的。

首场演出，他们大获成功，比预想的还要成功。起初，也只是三两个人，站着听他唱。后来，听的人越聚越多，里三层外三层，把他围在中间。不少人歌未听完，就走到募捐箱前，五块、十块地往里面投。他左一声谢谢，右一声谢谢，更拨动了人们心中柔软的弦，捐款的人，越来越多。连平时节俭得不得了的老大妈，也从贴身口袋里，掏出钱来，投进募捐箱去，一边唏嘘着对他说，孩子，你休息一会儿吧。

那一天，他们收工回去，把募捐箱的钱倒到床上数，居然数出三千多块。这大大鼓舞了他。他们决定扩大范围，一个城一个城地，巡回演出。等把全国走一圈下来，他们肯定能弄成个百万富翁。

这样的设想，让他兴奋。从此，他更投入地频频登台，即使寒风当头，他也坚持穿很少的衣服，裸露着他的双腿。

那天，在街头一角，他正卖力地唱着歌，一个小女孩，突然走到他跟前，大眼睛忽闪忽闪的，盯着他裸露的双腿看，而后抬头问，叔叔，你疼吗？

他一下子愣住了，眼睛不由自主地落到自己的腿上，那儿，两团红肉，触目惊心。年少时的一场交通事故，他被迫锯掉双腿。从那时起，他收获过许多的同情和怜悯，却少有人问过他疼不疼。

他慌张地“唔”了声。小女孩朝他举起手里的棒棒糖，努力举到他嘴边，小女孩说，叔叔，送给你，你吃了糖，就不疼了。

那一刻，深深的羞耻感，潮水一般地淹没了他。用自己的残缺，一次又一次，博取他人的同情，尤其是面对一个纯真的孩子，他觉得自己可耻。

他不顾同伴的劝阻，毅然退出了乐团，重拾起画笔。这些年，他断断续续学过绘画。他在街头支起画架，帮人画速写，明码标价，一张速写十块钱。顾客稀少，生意清淡，他也不急不躁地坐着。没顾客的时候，他画街景，一棵树，一朵花，一个人，在他笔下，绿着，艳着，欢笑着。他说，现在这么过着日子，心底特踏实。

我路过他的画摊时，他穿着长长的风衣，把自己伪装得很好，看上去和健全人没什么两样。我停下来，要他画了一张速写，放下十块钱，不多，不少。他微笑着收下。

我跟他挥手作别。走了很远，又回过头去看他。落日下，他正低头在纸上作画，身上镀着落日的金粉，散发出动人心魄的光芒。

我不再急着赶路，而是慢慢走，微笑着看。看天，看地，看树，看花，看人。我像踩着一朵云在走，心里充盈着说不出的美好。

捡拾幸福

那些温暖的

邻家女人上街买菜，“捡”回一老妇人。老妇人衣着整洁，不像久经流浪或无家可归的，却神情呆滞。在街上见到邻家女人，就一直跟在她后面叫“小毛”。“小毛”是谁无人知晓，或许是老妇人的女儿吧。

邻家女人本想一走了之，篮子里的一蓬菜蔬，提醒她快快回家做饭去。回头，却瞅见一张饱经风霜的脸，那脸上毫不设防地写着对他人的依恋。她的心当下软了软，想，要是她不管，老妇人不定流落到什么地方去呢，于是，她把老妇人领回了家。

老妇人这一住，就是半个多月。这期间，邻家女人像对自家老人一样，好茶好饭待她，还带她去浴室洗澡。一边满世界留心着，哪里有寻人的。老妇人除了说“小毛”“小毛”外，不记得任何人和事。有人跟邻家女人开玩笑:“你还要为她养老送终啊？”邻家女人说:“真的那样，也无所谓啊，不过是煮饭时，多放一碗水。”不久后的一天，老妇人的女儿终于找来，对邻家女人千恩万谢。邻家女人不在意地笑着说：“匀出一口饭，就能救活条命呐。”

晚上，去国贸大厦旁的广场散步，总看到一群快乐的人，随着音乐在空地起舞。每天都是如此。音乐的来源，原是一台旧收音机。后来换了，换成

了簇新的 DVD 机，在一辆自行车上架着。观察过几次，发现自行车的主人，是一对老夫妇。

跳舞的人是不固定的，谁高兴了都可以进去跳两圈。不断有人加进去。起初也只是一些老年人，后来一些年轻人也参与进去了。快乐在音乐中沸腾，单纯地飞扬着。

某天，我在一旁观看，终于忍不住走过去问那对老夫妇：“是免费来这儿放音乐的吗？”他们说：“是啊，每晚七点准时到。”

“瞧，这都是我们新买的碟片，买的新华书店的正版，效果很好呢。”老妇人举着新买的碟片让我看，我看到碟片上印着飘飞的裙裾，是些慢三或慢四，全是舞曲。

我倾听，效果果真很好，音乐似泉水潺潺流。我开玩笑说：“可以适当收点费的呀。”老妇人笑了：“收什么费呀，自己找乐子呗，看着大家高兴，我们也高兴。”

原来，这世上，只要匀出自己的一份快乐，就会快乐另一些人，甚至，一个世界。

小城里，蹬三轮车的人比较多，满大街随便走着，就有车夫跟后面殷勤地问："要车不？"我曾烦过这个，觉得他们特缠人。近日却偶听来一个真实的故事，故事说的就是这样一群三轮车夫，他们不富裕，有的甚至很贫穷，却能自发地照顾一个不幸的老人。老人有过幸福的过往，两个儿子都成家立业了。一次车祸，却让一个幸福的家瞬息间支离破碎，老人的两个儿子双双遇难。所得赔偿金，老人分文未要，全给媳妇了。家产也悉数分光。孑然一身的老人，混在一群三轮车夫里，蹬三轮车谋生。但因年老体衰，再加上三天两头生病，养活自己也是难的。好在有其他三轮车夫帮衬着，不断送吃的用的。

这是生活在社会最底层的一些人，他们普通得常常被我们忽略，可是这个世界，却因他们身上散发出的善和暖，一点一点美好起来。现在走在大街上，我的眼睛，总是有意无意停在一些三轮车夫身上，是他，还是另一个他，在默默匀出自己的温暖，送给他人？他们的脸上，没有答案。他们一如既往，为生存奔波着，路过你身边时，还会殷勤地问："要车不？"眨眼间，他们的身影，没入人群里。再走进人群，我的身前身后，总像流淌着一条温暖的河。

【真题链接】

1. 请用简洁的语言概括文章记述的三件事。（每件不超过 25 字）

2. 这是三件相对独立的事，但在选材上却有着共同点，请问是什么共同点呢？

3. 文中画线句两次出现“殷勤地问：‘要车不？’”，请说说作者前后两次听到这句问话的心理，有何不同。

佳句摘抄

★原来，这世上，只要匀出自己的一份快乐，就会快乐另一些人，甚至，一个世界。

★现在走在大街上，我的眼睛，总是有意无意停在一些三轮车夫身上，是他，还是另一个他，在默默匀出自己的温暖，送给他人？他们的脸上，没有答案。他们一如既往，为生存奔波着，路过你身边时，还会殷勤地问：“要车不？”眨眼间，他们的身影，没入人群里。再走进人群，我的身前身后，总像流淌着一条温暖的河。

【阅读有道】

巧手裁得云锦来

南宋大诗人陆游在《九月一日夜读诗稿有感走笔作歌》中这样写道：

诗家三昧忽见前，
屈贾在眼元历历。
天机云锦用在我，
剪裁妙处非刀尺。
世间才杰固不乏，
秋毫未合天地隔。
放翁老死何足论，
广陵散绝还堪惜。

既然“剪裁妙处非刀尺”，那么剪裁妙处在哪里？在诗家的匠心。

大凡作家，都特别重视“剪裁”的功夫。叶圣陶在《多收了三五斗》

中，花了很长的篇幅叙写旧毡帽朋友丰收以后遭受粮行商人压价盘剥，加之外来洋米洋面的冲击，旧毡帽朋友在双重打击下陷入了愤怒与绝望的境地。但仅仅写这一个故事，还缺乏深度，于是作家这样结尾："第二天又有一批敞口船来到这里停泊。镇上便上演着同样的故事。这种故事也正在各处市镇上演着，真是平常而又平常的。"这样写来，丰收成灾的悲剧就不是偶然的，而是必然的；不是个别的，而是普遍的。这样的写作才有了深刻的洞察力和强烈的批判力。

丁立梅老师《那些温暖的》，也是选取了三个片段来写，向我们展示了这样一种社会现象：那些生活在社会底层的人，他们普通得常常被我们忽略，可是这个世界，却因为他们身上散发的善和暖，一点一点地美好起来。三个故事人物各异，或邻家女人，或一对老夫妇，或一群蹬三轮车的车夫；情节各异，或救助了一个素不相识的老人，或免费为跳舞爱好者播放音乐，或自发照顾一个原本幸福，陡然间幸

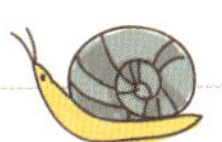

福支离破碎的老人。但是他们身上却有着一种相同的，直击人心的善和暖。作者先是平行地叙述三个故事，最后以一段文字揭示三个故事的共同之处。叙写这三个故事，也是删略了很多细节的，只是留下了最为动人的那些行为和语言。

写作是需要剪裁的，更是需要剪辑的。可以说，剪，是眼光——写作之前准备的材料之中，哪些材料需要删去，哪些材料可以保留；辑，是智慧——保留下来的材料怎么处理，先叙述什么，后叙述什么，该怎么把原本无甚关联的若干材料用一个中心统领起来。

我们阅读优秀的文学作品，不仅要关注作家选择了什么材料来写，更要关注作家是如何剪辑组织材料的。

“天机云锦用在我，翦裁妙处非刀尺。”这“用”的水平高下，体现了作家驾驭文字的能力，显示了作家构思文章的水平。能否读出作家之“用”心，则显示了读者阅读水平的高低。

爱的语言

鸡年春节联欢晚会后，大家谈论得最多的是舞蹈《千手观音》，众口一词，都说好，震撼人。

当《千手观音》节目上场时，我的眼前，突然晃过一片湖，宁静，优雅，神秘，高贵，那是天鹅憩息的一片湖啊，千变万化的舞姿，醉倒眼睛。以为眼花，不及穿衣，跳下床，跑电视机跟前看。真的，那千真万确是一片湖，音乐满载着月色，跌宕开来，一片手臂在乐曲声中缓缓扬起，如次第开放的花瓣，在空中盛开；又如一些柔嫩的翅膀，划着轻风，翩翩而飞，无声无息。透明，纯净，直抵心灵。心，猝不及防被击中。这世界，最动人的，原是这样的无声之爱。

来不及跟朋友道新年祝福，只发一个信息告诉他，《千手观音》好。朋友回，是。对话如此简单，却全部明了。湿湿的感动蕴于心，如春回大地时那柔柔的草。原来，生命可以卑微，但不可以放弃，如果坚持，一样可以把春天驮在肩上。

领舞的女孩叫邰丽华，两岁时因高烧注射链霉素失去听力，从此告别有声世界。七岁那年她进了聋哑学校，有一节课上，老师踏响木地板上的象脚鼓，把震动传给学生。当“嘭嘭嘭”的有节奏的震动通过双脚传遍邰丽华小小的身躯时，她被从未有过的幸福感袭裹了，她看见彩色的音乐飞起来。从此，她找到了与世界沟通的桥梁，用舞蹈来表达她内心的爱，锲而不舍。

我一直在想一个问题，假如《千手观音》由一群健康健全的女孩来跳，肯定也会跳出这样的效果，但给人的震撼却要大打折扣。当21个聋哑女孩，如精灵似的，在舞台上徐徐舒臂的时候，我们惊叹的是，她们怎么可以舞得这么完美呢？——我们感动的，原是一种精神，一种对生命执着的热爱。

爱的语言，原可以不用说出，用手臂，就可以缓缓表达。

一个动作因此而成了经典，它表达的主题只有一个：爱，是我们共同的语言。

这世界，总有什么，能迅捷击中我们柔软的心扉，让它在一瞬间开启。而之后，我们会更懂得珍惜，珍惜爱，珍惜幸福，并且学会生活与创造。

【真题链接】

1. 在鸡年春节联欢晚会“观众最喜爱的节目”评选中，舞蹈《千手观音》以绝对领先的得票数荣获特等奖。本文作者也说“众口一词，都说好，震撼人”，请你结合文章内容，谈谈该节目 “震撼人”的原因。

2. 第③自然段中画线的文字“如果坚持，一样可以把春天驮在肩上”的含义是什么？

3. 第⑤自然段写道：“假如《千手观音》由一群健康健全的女孩来跳，肯定也会跳出这样的效果，但给人的震撼却要大打折扣。”请问这是为什么？

佳句摘抄

★真的，那千真万确是一片湖，音乐满载着月色，跌宕开来，一片手臂在乐曲声中缓缓扬起，如次第开放的花瓣，在空中盛开；又如一些柔嫩的翅膀，划着轻风，翩翩而飞，无声无息。透明，纯净，直抵心灵。心，猝不及防被击中。这世界，最动人的，原是这样的无声之爱。

★湿湿的感动蕴于心，如春回大地时那柔柔的草。原来，生命可以卑微，但不可以放弃，如果坚持，一样可以把春天驮在肩上。

【阅读有道】

最是那一低头的温柔

著名诗人徐志摩在《沙扬娜拉——致日本女郎》中有这样极为传神美妙的诗句：

最是那一低头的温柔，
像一朵水莲花不胜凉风的娇羞，
道一声珍重，道一声珍重，
那一声珍重里有蜜甜的忧愁——
沙扬娜拉！

在这首诗中，日本女郎之美，就美在“那一低头的温柔，像一朵水莲花不胜凉风的娇羞”。日本女子之美多矣，徐志摩都不去写，只写“那一低头的温柔”，抓住了作者眼中日本女郎那一瞬间的美丽，写其神态，传神地反映出日本女子的温柔、娇羞。

不只徐志摩善于此道，丁立梅老师亦如此。《爱的语言》就是这样。

鸡年春节联欢晚会上《千手观音》给了观众极大的视觉冲击与视觉享受，并且给予观众极大的心灵震撼。丁立梅老师在向我们展现《千手观音》这一舞蹈节目时，没有描绘过多的画面，只是抓住了一个瞬间：音乐满载着月色，跌宕开来，一片手臂在乐曲声中缓缓扬起，如次第开放的花瓣，在空中盛开；又如一些柔嫩的翅膀，划着清风，翩翩而飞，无声无息。作者用富于诗意的语言，用了两个比喻来描绘舞蹈演员们“千手”扬起的那个瞬间——因为这个瞬间最美，因为这个瞬间最能直击人心，因为这个瞬间最能震撼观众。

丁立梅老师不仅用语言文字再现了当时震撼人心的画面，还用诗一般的语言告诉我们这个舞蹈带给我们的启迪：生命可以卑微，但不可以放弃，如果坚持，一样可以把春天驮在肩上——这样的语言，既有诗的美丽，更有哲理的深刻。作者还进一步阐述：我们感动的，原是一种精神，一种对生命执着的热爱；我们看这样的舞蹈，不仅要懂得欣赏，更要“懂得珍惜”！

文章千古事，唯有这样具有艺术价值和思想价值的文章能赢得读者喜欢，带给读者美的享受，带给读者爱的启迪，带给读者哲思的感悟。阅读这样的文章，就是既要能够欣赏那瞬间的描绘，捕捉那瞬间的美丽，更要感受那瞬间的美丽带给心灵的冲击，带给精神的愉悦，带给人生的启迪。

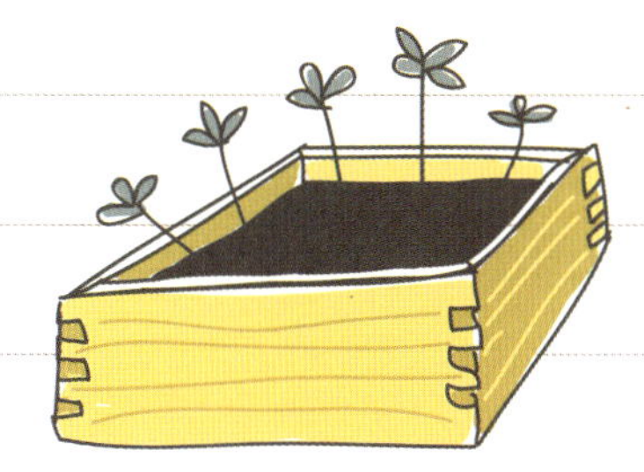

【经典赏析】

浅淡岁月，总有欢喜相守

一

等雪的。雪始终没来。

我的雪，它落在南方，它落在北方，它没落在我这里。

也罢。它不在这里，就在那里。它在，就总会惊喜一些心灵，和眼睛。

问过一个女子，你有过不快乐的时候吗？那女子六十好几了。整天还是风风火火，说话嘎嘣嘎嘣的。她写戏剧，写影视剧本，写得风生水起。你靠她身边站着，总觉得有一团火在燃着烧着。

我问她这话的时候，她正往电脑里输字，笑嘻嘻回我，没有。

我不死心，你真的没有，一次也没有吗？我简直有点穷追不舍的意思。

她不假思索，答，一次也没有。

“我怎么会不快乐呢？我没有时间不快乐啊。我也没有资格不快乐啊。

你看吧，我能写字，能走能动，还能吃下一大碗饭，我有什么不快乐的？”她说。

“哈哈。”她笑。

“哈哈。”我也笑了。

二

看一本书，里面全是关于衰老和死亡的。

衰老和死亡，是那样的无力和无奈。任你曾坐拥金山，才高八斗，也不得不全部缴械投降。

可是，能不能这样说，那一路的旖旎，原不过是为了到达终点的这一刻。

终点，除了无力和无奈外，它还有宁静，还有终结，还有完满啊！从起点，到终点，能够走下来，就是一种完满和胜利。

我不哀叹。那不是一个人的终点，那是大团聚。因为，我们终将都到达那里。

三

养几盆小植物。文竹和萝卜头。

你不知道萝卜头在水里面长出来，有多美。那小叶子有点像小女孩的眉睫。随便什么时候去看它们，它们都眨巴着绿绿的眉睫，冲着我笑。我忍不住要去爱。

怎么能不爱！日子里，只要你肯种下欢喜，长出来的，一定是欢喜。

浅淡岁月，总有欢喜相守，很好，很好的。

女人和花

女人开了一家花店。

花店在偏巷里，门面不大，十来平方的样子。门口的空地上，挤满花草，都是寻常的一些花。其中，大丽花居多。一盆挨一盆，万分热烈地开着。

我路过，停住，看那些大丽花。它们或大红，或玫粉，一律的色彩浓郁，拼了命地往那色泽的幽深里钻。我爱这些花，从小就爱。每一朵花上，都住着我的童年。童年的茅屋檐下，大门两侧，一侧长着菊，一侧长着它。

它的根，像极了红薯。我小时候疑心过它能吃，偷偷挖出它的根，放嘴里嚼。苦，苦透了。开出的花，却又丰腴又富丽，喜洋洋的，让人瞧不出一丝苦涩来。

我想买两盆带回去。

女人听到动静，从店里走出来。大妹子，你看花呢！大嗓门儿嘎嘣嘎嘣的，吓我一跳。

我定睛看女人，有点惊讶。她长得实在够"魁梧"的，胖墩墩的身子，胖乎乎的脸。红黑的两颊上，爬满太阳斑。这样一个人，似乎与花花草草沾不上一点边。

这些都是你种的花？我有些怀疑地问。

当然，我喜欢花。女人爽朗地一笑，大妹子，你看上什么，就挑什么，都是我自个儿种的，不会算贵了给你的。

我家里种了好几亩地的花呢，女人弯腰整理花草。

她的男人突然从店里出来，呼哧呼哧，喘着粗气。男人看上去瘦瘦的，半边脸歪着，身子也歪着。男人好不容易站稳身子，嘴里含混地说着什么。女人赶紧走过去，搀扶住他，笑着说，你怎么又出来了？你安心躺着嘛，我不会走远的。

女人送男人进店内。花的深深处，搭着一张简易的床。

女人再出来时，我已选好两盆大丽花，一盆大红的，一盆玫红的。

女人看着花笑了，大妹子你真会挑，这花一点不娇气，好长呢。

我笑笑，没说话，心里在惊讶着她的男人。

女人不在意，往屋里看了看，蹲下身子，给我的花重新装盆培土。

他呀，跟个孩子似的，一眼看不到我，就怕我跟人跑掉。哈哈，她大笑，大妹子，你看就长我这模样的，又老又丑，谁会要我呀，他不抛弃我就是我的造化了。

他吧，原先身体壮实着呢，比我还壮实呢，扛一二百斤的水泥袋子走路，腿都不抖一下。你看不出吧？女人自顾自说着。说到这儿，又突然乐了，兀自呵呵地笑起来。

我们一起去过很多地方打工，上海啦，武汉啦，最远的我们还到过深圳呢。攒了些钱，家里也盖上楼房，空调冰箱一应齐全。这日子过的，我做梦都要笑醒了。

他倒跟我开起玩笑来，中风了，赖在床上不肯起来，躺了好几年呢。

我把房子卖啦，给他治病。他还舍不得，老念叨那房子。我觉得吧，人比房子重要，人没了，啥都没了。房子没了，还能重挣回来。我也没别的本事，就是打小就喜欢些花花草草的，盘算着，开了这家花店，也方便照顾他。

你看，他现在好多了，能撑着站起来，也能走上几步路了。我相信再调理一两年，他会完全康复的。说话之间，女人已帮我换好花盆，重新培好土、洒好水。刚喷过水的两盆大丽花，看上去更艳丽了。女人笑着拍拍手上的泥，直起身来，说，大妹子，你以后需要花，就到我家来吧，我肯定会算便宜给你。

女人的身上，摇动着花的影子，女人看上去也像一朵花了。我一时间不知说什么才好，只是不住点头。我想，花的开放，原本是极自然的事。可贵的是，有的花却能在苦涩里，迸出生命的热情和喜悦来。如这个女人，让我敬重。

放慢脚步

高中同学R，突然辞了职，放着百十万的年薪不要，从繁华旖旎的大上海，跑到遥远偏僻的海边滩涂去，租下一块地，搭了窝棚，修篱种菊，做起隐士。

这个消息，让我们吃惊。当年，R是我们一帮同学中最为出众的，整日里像张鼓满风的帆，猎猎飞扬。他有句口头禅："时间不等人，再不努力，就晚了。"这句话常被老师拿来教育我们。

考大学时，R毫无悬念地考上了重点大学。大学期间，他又因成绩格外优异，被保送读研。然后，出国读博。一路春风得意马蹄疾。

读博归来，向R敞开大门的大公司，有数十家。R最后选择了上海的一家，他认为，只有像上海那样的大都市，才更利于他施展拳脚。他如鱼得水，在公司的地位扶摇直上，一直做到副总。

我们有事路过上海，R很热情地招待我们。他白皙儒雅，意气风发，谈吐间，挥斥方遒，完全一副成功人士模样。却忙，和我们吃一顿饭的工夫，他接了几十个电话。我们打趣他："你真是个大忙人哪。"他歉意地笑："没办法，停不下来了。"有一回，他接了个电话，不得不中途撂下我们，说公司有急事，他得赶回去。他一阵风似的，走了。我们有些羡慕他，又有些同情他，总觉得他被什么绑架了，失了自由。

我们几个高中同学相约，找去海边滩涂，看望R。出现在我们眼前的R，让我们颇感意外。他变黑了，身体健壮，一件汗衫套着，跟当地的渔民别无二致。他正在搭一蓬黄瓜架子，说要种黄瓜。他身后的窝棚顶上，已爬满绿的藤蔓。他说，那是他种的丝瓜。几只鸡，在屋前的菜地里觅食。不远处，横亘着一条清澈的小河，河边野葵朵朵。小河过去是竹林。竹林过去是蓝天。看得我们心动，这真是块修身养性的好地方。

自酿的葡萄酒竟也是醉人的。R的脸微红着，告诉了我们一个秘密：三年前，一次例行体检中，医生宣判了他的“死刑”，肺癌，晚期。

接到宣判的那一刹那，他如五雷轰顶。他想他的一生，几乎都在疾走之中，沿途的风景，从没有欣赏过。“我不服啊！”R猛喝一大口葡萄酒，说。痛定思痛，他作出一个重要决定，临死之前，他要好好待自己，听凭心的喜，抛却俗世追逐，过几天真正属于自己的日子。

他来滩涂住下，种花种菜，安享自然。他过了一年。又过了一年。极意外地，他的身体竟朝着好的方向发展。再去医院检查，给他宣判过“死刑”的医生，直呼不可思议。R笑了，R真心实意说：“现在，我才真的体会到，人生不用那么急着赶路，适当放慢脚步，才能更好地拥有。”

饭后，R领我们去海堤上听风。“海堤上的风是很有意思的，有时像吹长笛，有时像吹短号。”R说。他轻轻坐下来，微微闭起眼睛。风吹起他额角的发，太阳光爬上他的脸，他安详得像一棵草。

我们看着，都心有所动。人的一生中，到底什么才是最重要的？有时，不妨放慢你前行的脚步，让生命沐着自然的光泽，生命才不至于早早枯萎。

格桑花开的那一天

在进入杳无人烟的大草原深处之前，他的心，是空的。他曾无数次想过要逃离的尘世，此刻，被远远抛在身后。他留恋它吗？他不知道。

远处的雪山，白雪盈顶，像静卧着的一群羊，终年以一副姿势，静卧在那里。鸟飞不过。不倦的是风，呼啸着从山顶而来，再呼啸着而去。

他想起临行前，与妻子的那场恶吵。经济的困窘，让曾经小鸟依人的妻子，一日一日变成河东狮吼，他再感觉不到她的一丝温柔。这时刚好一个朋友到大草原深处搞建筑，问他愿不愿意一同去。想也没想，就答应了。从此，关山路遥，抛却尘世无尽烦恼。

可是，心却堵得慌。同行的人说，到草原深处后，就真正与世隔绝了，想打电话，也没信号。他望着银灰色的手机，一路上他一直把它攥在掌心里，攥得汗渍渍的。

此刻，万言千语，突然涌上心头，他有强烈的倾诉欲望。他把往昔的朋友在脑中筛了个遍，也找不到一个可以说话的。他亦不想把电话打给妻，想到妻的横眉怒目，他心里还有挥不去的阴影。后来，他拨了家乡的区号。随手按了几个数字键，便不期望着有谁来接听。

但电话却很顺利地接通了，是一个柔美的女声，唱歌般地问候他，你好。

他慌张得不知所措，半晌，才回一句，你好。

接下来，他也不知哪来的勇气，不管不顾对着电话自说自话，他说起一生的坎坷，他是家里长子，底下兄妹多，从小就不被父母疼爱。父母对他，极少好言好语过，唯一一次温暖，是十岁那年，他掉水里，差点淹死。那一夜，母亲把他搂在怀里睡。此后，再没有温存的记忆。十六岁，他离开家乡外出打工，省吃俭用供弟妹读书，弟妹都长大成人了，过得风风光光，却没一个念他的好。后来，他凭双手挣了一些钱，娶了妻，生了子，眼看日子向好的方向奔了，却在跟人合伙做生意中被骗，欠下几十万的债。现在，他万念俱灰了。他一生最向往的是大草原，现在，他来了，就不想回了，他要跟这里的雪山，消融在一起。

你在听吗？他说完，才发觉电话那端一直沉默着。

在呢。好听的女声，似春风，吹过他的心田。她竟一点也没惊讶他的唐突与陌生，而像老朋友似的轻笑着说，听说大草原深处有一种很漂亮的花，叫格桑花的。

他沉重的话题里，突然地，有了花香在里头。他笑了，说，我也没见过呢，要等到明年春天才开的。

那好，明年春天，当格桑花开了的时候，你寄一束给我看看好吗？她居然提出这样的要求。

他的心，无端地暖和起来……

后来，在草原深处，无数的夜晚，当他躺在帐篷里睡不着的时候，他会想起她的笑来，那个陌生的，柔美的声音，成了他牵念的全部。他想起她要看的格桑花，他想，无论如何，他一定要好好活到明年春天，活到格桑花开的那一天，他答应过她，要给她寄格桑花。

这样的牵念，让他九死一生。一日，大雪封门，他患上了重感冒，躺在帐篷里奄奄一息。同行的人，都以为他撑不过去了。但隔日，他却坐了起来。别人都说是奇迹，只有他知道，支撑他的，是梦中的格桑花，是她。

还有一次，天晚，回归。在半路上与狼对峙。是一公一母，情侣般的。狼不过在十步之外，眼睛里幽幽的绿光，快把他淹没了。他握着拳头，想，完了。脑子中，一刹那划过的是格桑花。他几乎要绝望了，但却强挺着，一动不动地看着狼。对峙半天，两只狼大概觉得不好玩了，居然头挨头肩并肩地转身而去。

他把这一切，都写在日记里，对着陌生的她倾诉。他不知道，在遥远的家乡，那个陌生的她，会不会偶尔想到他。这对他来说不重要了，重要的是，他答应过她，要给她寄格桑花的，他一定要做到。

好不容易，春天回到大草原。比家乡的春天要晚得多，在家乡应该是姹紫嫣红都开遍了吧？他心里，还是有了欣喜，他看到草原上的格桑花开了，粉色的一小朵一小朵，开得极肆意极认真，整个草原因之醉了。他双眼里涌上泪来，突然地，很是思念家乡。

他采了一大把格桑花，从中挑出开得最好的几朵，装进信封里，给她寄去。随花捎去的，还有他的信。在信中，他说起在草原深处艰难的种种，而在种种艰难之中，他看到她，永远是一线光亮，如美丽的格桑花一样，在远处灿烂着，牵引着他。他说，我没有姐姐，能允许我冒昧地叫你一声姐姐吗？姐姐，我当你是荒凉之中甘露的一滴！

她接信后，很快给他复信了。在信中，她说她很开心，上天赐她这么一个到过大草原的弟弟。她说格桑花很美，这个世界，很美的东西，还有很多很多，让人留恋。她说，事情也许并不像他想象的那么糟糕，如果在草原里待腻了，还是回家吧。

这之后，他们开始信来信往。她在他心中，成了圣洁的天使。一次，他从一个草原迁往另一个草原的途中，看到一幅奇异的景象：在林林总总的山峰中，独有一座山峰，从峰巅至峰底，都是白雪皑皑璀璨一片的，而它四周的山峰，则是灰脊光秃着。他立即想到她。对着那座山峰大喊着她的名字。

没有一个人会听到他的喊叫，甚至一棵草一只鸟也不会听到。他为自己感动得泪流满面。

他把这些，告诉了她。忐忑地问，你不会笑我吧？我把你当作血缘中的姐姐了。她感动，说，哪里会？只希望你一切好，你好，我们大家便都好。

这样的话，让他温暖，他向往着与她见面，渴盼着看到牵念中的人，到底是怎样的模样。她知道了，笑说，想回，就回呗，尘世里，总有一处能容你的地方，何况，还有姐姐在呢！

他就真的回了。

当火车抵达家乡的小站时，他没想到的是，妻子领着儿子正守在站台上，一看到他，就泪眼婆娑地扑向他。一年多的离别，妻子最大的感慨是，一家人守在一起，才是最真切的。那一刻，他从未轻易掉的泪，掉落下来。他重新拥抱了幸福。

他知道，这一切，都是她安排的。他去见她，出乎意料的是，她竟是一个比他小好多岁的小女人。但这又有什么关系呢？在他心中，她是他永远的姐姐。他站定，按捺不住激动的心，问她，我可以拥抱一下你吗？

她点头。于是他上前，紧紧拥抱了她。所有的牵念，全部放下。他在她耳边轻声说，姐姐，谢谢你，从今后，我要自己走路了。回头，是妻子的笑靥，儿子的笑靥。天高云淡。

尘世里，我们需要的，有时不过是一个肩头的温暖。在我们灰了心的时候，可以倚一倚，然后好有勇气，继续走路。

只为途中与你相见

睡了一个囫囵觉，天也就大亮了。

车窗外的景致大同小异，满眼看过去，都是绿，葱绿、墨绿、深绿……不一而足。那是树的绿，田间植物的绿，生命欢腾的绿。人家的房，掩映在绿里面，有的是红砖红瓦，有的是粉墙黛瓦，像水彩画。

八月的大地是富足的。雨水和阳光一样丰盈，所有的生命，都一副水灵灵功德圆满的样子。

一过石家庄，我对面铺的男人就坐不住了。他是浙江人，做木材生意的，他丢下他正做得红火的生意，带了念高中的儿子去西藏。

钱什么时候都可以赚，这个好男人说，要让孩子出来多走走。多走走，眼界才会开阔。

男人伏到窗口，不错眼地对着外面看，不时大叫着他儿子，军军，你看，那外面！叫军军的小伙子却一直闷头在玩他的平板电脑，对外面的景致兴趣不大，男人叫一声，他就伸一下头，过后，又埋首到他的电脑上。

我合上在看的书。窗外掠过的景，跟内地有了分别。树都是笔直地朝上，

每根枝条每片叶子都是。土是直立的，直立成小山丘，一座一座的小山丘。一些房舍，像棋子似的，散落在小山丘周围，让人想起那首著名的《黄土高坡》。

这么看着看着，也就到了兰州。天色渐晚，站台上卖吃食的小推车，呼啦啦簇拥过来。一种高粱面做的大饼很抢手，车上的旅客几乎人手一只。饼很糙，并不好吃，但没人介意。出来旅行图的就是个新鲜与热闹，每到一处，都恨不能把那处打包，塞进行囊里带走。

火车上的晚餐陆陆续续登场，各种吃食的味道，在车厢内弥漫。餐厅卖盒饭的推车，在走廊上来回走。盒饭来啦！盒饭来啦！乘务员大声叫卖。一时间，如同集市，喧喧闹闹。

深夜十点过后，各种声音渐渐沉没，睡梦开始来敲门。模糊中听到有人问，还有多远到？听到答，现在已走一半路了。

哦，就快到了呀，是欢喜的一声呼喊。四周彻底安静下来，火车哐啷哐啷的声音格外分明，把黑暗的浪花溅得四处飞溢，如船划破波浪。

太阳很晚才出来。这个时候，火车已行驶在青藏高原上了。茫茫的戈壁滩，一望无际的茫茫，色彩单一，山都是光秃秃的，生灵不见一个，只有天空和大地两两相望。生命的渺小在那一刻表现得尤为强烈。你还有什么可争的，还有什么要争的？你争不过天去，争不过地去，还是与自己和解吧。

盐像雪，一撮一撮的白，点缀着寂寥无垠的戈壁滩，像在上面绣了一朵一朵的小白花，使戈壁滩更显得空旷寂寥。突然有人惊呼，看，那儿有个人。众人都挤过去看。可不是吗，的的确确是一个人，看不清他的面目，只见他的一只手，举着，那是标准的敬礼手势，他在向我们的列车敬礼。

众人挥舞着手兴奋地朝着他呼叫。那么远的距离，他是看不见也听不见的，他一动不动地举着手，塑像一样的。在他眼里，这列列车，就是一个活的生命。他在向生命致敬。他是养路工，是进藏的旅人，还是当地居民？不得而知。他成了我们进藏路上，一个不可磨灭的景，生命是如此渺小，又是如此庄严。

一过可可西里，大地上的色彩渐渐繁复起来，随处可见草地，绿地毯一样的，铺向远方去了。雪山卧在天边，一座一座，浑圆柔和，或是孤独如树。对，像树，在可可西里，就没见到一棵树，那些山，便充当了树。山的脊梁上，厚厚的积雪，在白日光下莹莹闪亮。草甸上，一眼一眼的小湖，或称之为小河、小潭，蓝莹莹的，或是清幽幽的，如草甸上的眼睛。蓝天掉在那些“眼睛”里了，白云掉在那些“眼睛”里了。

看见藏羚羊，车上人激动得齐齐欢呼起来，端起相机，对着窗外一通猛拍。然这样的激动只持续了一阵子，随后成群的藏羚羊，成群的牦牛，成群的雪山，成群的草地、湖泊，像变魔术似的，连绵不绝。大家由起初的惊呼，渐渐变得“司空见惯”了，不再大呼小叫，而是安静地看着，看累了，就闭上眼休息一会儿，睁开眼来再看。错过了几块草甸几只藏羚羊几座雪山，也不足为惜，西藏这块广袤的大地上，有的是，真正是奢侈铺张得不行。

白云在山间拥着挤着。白云在天上拥着挤着。你就没见过那么丰富的云。有的躲在山后，鱼一样游着，吐出一圈一圈的白泡泡；有的浮在半空中，羽毛一样的，仿佛风一吹它就飘走了；有的匍匐在山巅上，如一群散步的绵羊，嬉戏着；有的堆积在海蓝的天幕上，棉絮一样的……

太阳到晚上九点多才落山。而这时，月亮早已迫不及待从东边的山头升起来，大而浑圆。大地上出现了奇异的景象，一半橘红，一半素白，相互辉映。

跟着一朵阳光走

午后，我正收拾书桌，突然看到一朵阳光，爬到我的书上。一朵小花似的，喜眉喜眼地开着。又像一只小白猫，蹑手蹑脚着。

我晃晃书页，它轻轻动了动，一歪头，跳到桌旁的一盆水仙上。在水仙的脸上，调皮地抹上一层银光。后来，它跳到窗台上。跳到门前的一棵树上。树光秃秃的，冬天还没过去，这朵阳光却不介意，它在赤条条的树枝上蹦蹦跳跳。它知道，用不了多久，那里会重新长出叶来。那时，春天也就来了。

我的脚步不由自主地跟过去，我要跟着一朵阳光走。

阳光跑到屋旁的一堆碎砖上。碎砖堆是一户人家装修房子留下来的，被大家当作了晒台。有时上面晾着拖把，有时上面晒着鞋子。隔壁的陈奶奶把洗净的雪里蕻，晾在上面，说是要腌咸菜。她半是骄傲半是幸福地说，她在省城里的儿媳妇，特别喜欢吃她腌的咸菜。

阳光在砖堆上留下了它的热，它的暖，它又跳到一小片菜地上。小菜地瘦瘦长长的，挨着一条小径。原先是块荒地，里面胡乱长些杂草，夏天蚊虫多，走过的人都速速走开，一脸的漠然。后来，不知谁把它整出来，这个在里面栽点葱，那个在里面种点菜。还有人在里面栽了一株海棠。阳光晴好的天，海棠花扑棱棱地开了，一朵一朵，红宝石似的，望过去特别漂亮。大家有事没事，爱凑到这里，看看葱，看看菜，赏赏花，彼此笑笑，说些闲话。谁家煮饭缺把葱，都可以自去地里采。

谁也不曾留意，阳光已悄悄地跳到了人的心里面。

现在，这朵阳光继续着它的行程。它走到一片绿化带上。绿化带上有树，有草，也有花。草枯了，花谢了，然不要紧的，它会唤醒它们。我似乎听到它的悄悄耳语：生命还会重来，还有美好，在前面等着。

人是怀抱着希望在这个世上行走的，植物们何尝不是?

树是栾树，叶掉了，枝上留着一撮一撮干枯了的果。我伸手够一串，剥开，里面黑黑的珠子跳出来，和这朵阳光拥抱。我想起有关栾树的记载，说是寺庙多有栽种，用它们的果粒来穿佛珠。尘世万物，本就存了佛心的。

一只小鸟，在路边的草地里跳跃。它一身斑斓的毛，奇的是，头上长了两只小小的角。嘴巴尖尖的，长长的。我实在不识这是什么鸟。小鸟的头，灵活地东转西转，东张西望，仿佛初来相见，对周遭的一切好奇极了。

这朵阳光，跳到小鸟的脚边，小鸟一定感觉到了。它低下头去啄食，一上一下，一上一下，怎么啄也啄不完。天空高远，草地温暖。

我微笑起来，干脆在路边坐下来，看小鸟，看阳光。我想起一句话来：阳光照强大也照弱小，阳光善待每一个生命。

我们要做的，唯有不辜负。不辜负这朵阳光，不辜负这场生命，心存热情和向往，好好地活。

捡拾幸福

我上下班，常要从一条小巷过。有时骑车，有时乘车。也偶尔，会步行。

小巷很有些年岁了，两边的房都泛着灰。大多数是老式平房，有天井纵深。朝向巷道的一面，开着小店，卖些杂七杂八的日常生活用品。还有蛋糕店、馒头店、卤菜店、理发店、水果店、裁缝店，和一家报亭等。一些小摊见缝插针摆在路边，是些乡下农人来卖时令果蔬的。蚕豆上市了卖蚕豆，草莓上市了卖草莓，青菜上市了卖青菜。来自山东卖炒货的一对老夫妇，在一幢房的边上，搭了棚屋住，一住就是二十多年。炒货一袋袋，香喷喷，摆在棚屋门口卖。那里的空气中，便常拌着炒货的香。

巷道边上，长着成年的海桐、合欢、荷花、玉兰和栾树，绿荫如顶。人是有福的，大多数时候，抬头就能见花。白，或红，大团的，或大朵的，总是不知疲倦地开。只是日日相见，我们多的是熟视无睹。步履匆匆，花白花红，不落一点到心里。

那日，我又经过小巷，照例行色匆匆。我走过一家小店，又一家小店，无意中一瞥，看见卖炒货的那对老夫妇，正守着他们的炒货摊，在合吃一只橘。午后三四点，风轻云淡，客少人稀，这清闲的一段时光，是属于他们的。他们肩并肩坐在那儿，你一瓣橘，我一瓣橘，吃得幸福满满的，脸上是闲花落尽后的安然。

我被他们手中的一只橘子击中，傻傻地看他们，看得眼睛微湿。我望见了这个尘世间最朴质的相守，无关山盟，无关海誓，无关富贵荣华，只要稍稍转过头来，你就能望见我，我就能望见你。

再看眼前的寻常，突然变得样样生动。那些旧的房，是生动的，一缕阳光斜斜地打在上面，波光粼粼，如小鱼在跳舞。守着小摊卖水果的女人，是生动的，唇上一抹红，印在她黝黑的脸上，分外夺目，显然，她是抹过口红的。有孩子的笑声从幽深的天井里传出来，清脆丁零，是生动的，他在玩什么游戏呢？童年时光，寸寸金色。乡下来卖果蔬的老农，是生动的。他半蹲着，笑眯眯看街景，脚跟边，堆一堆新鲜的芋头。我买几只，想回家做芋头羹吃。他帮我挑拣大个的，殷殷说，全是地里长的呢。为他这一句，我笑了半天。

还有那些树，是生动的。我稍一仰头，就与一捧一捧的红蒴果相逢。那是栾树的果，望过去，像纸叠的红灯笼。它把生命的明艳，一丝不苟地写在秋的册页上。

迎面走过来的女孩，是生动的。她手捧一盆新买的玉簪，且走且乐，脚步轻盈，眉目飞扬。

我不再急着赶路，而是慢慢走，微笑着看。看天，看地，看树，看花，看人。我像踩着一朵云在走，心里充盈着说不出的美好。

这个寻常的秋日午后，我捡拾到了大捧的幸福。那是一只橘子的幸福。一缕阳光的幸福。一抹口红的幸福。一朵笑声的幸福。几只芋头的幸福。一捧红蒴果的幸福。一盆玉簪的幸福。是这个恋恋红尘中活着的幸福。

坚持

他和一拨人一起去爬山。

起初都是兴致勃勃着的，他们一路上赏花赏草，听泉水叮咚，谈笑风生。可爬着爬着，就觉得无趣了，又累又单调。朝上望望，望不到顶，山峰似在云端，那么遥远。

山顶上有人下来，一个个走得气喘吁吁。

“山上可有什么好玩的？”他们停下来相问。

“没有，只一座破庙而已。”

这么辛苦地攀爬上去，只为了看座破庙？他们中有人动摇了，放弃了攀爬，留在半山腰，拍照，到此一游，留此存证。而后，这部分人满足地转身下山。此趟游山，算是告一段落。

他和另一部分人，继续向山上爬去。越往上，山路越是陡峭，他们爬得近乎虚脱。山顶上又有人下来，走得气喘吁吁的。他们停下来相问：“山顶上可有什么好玩的？”

“没有，只一座破庙而已。”

“哦——”坚持着的这部分人，轻呼一声，站在原地踌躇。他们劝他，上面就一座破庙，有什么看头呢？还不如早点下山去，找家茶馆，喝喝茶，打打牌。

他笑着摇头：“不，你们回吧，我还是想上去看看。”这部分人见劝不动他，关照他几句，自行下山去了。他敲敲酸疼的腿，继续走着他的路。

途中，他遇到一只小松鼠。小松鼠跟个孩子似的，蹲在一块石头上，好奇地打量他。他跟它打招呼：“嗨，小家伙，你好啊。”小松鼠听懂了般地，冲他点点头。又打量他一回，这才遁入身后的树丛中去了。

他嘴角含笑，快乐得像回到孩童时代。因这份快乐的支撑，余下的攀爬，竟轻松了许多。

他又遇到两棵奇树。树干是各自生长的，到树梢，却合二为一，像两个贴面拥抱着的人。自然万物，原也各有各的恩爱的。他站着看一回，莫名地感动。

他还遇到一块石碑。石碑上刻的字，已模糊。他弯腰辨认很久，辨认出其中几个字：“当年箫鼓，荒烟依旧。”他想到元好问的《雁丘词》，心里好一阵激动。岁月的风雨有几番吹打呢？在这上山的路上，也将印着他的足迹。

他也终于抵达山顶。诚如下山的那些人所言，山顶上的确只一座破庙。年代久远了，僧人的踪迹已无处可寻。他站定在庙门口，看着风吹进敞开的窗户，两眼微湿。浑身的酸疼都可忽略了，他的心里，只有欢喜。——他来了，他没有错过。

有对上山来的年轻人看到他，非要拉着他合影不可。“老人家，您真不简单，您能爬上这么高的山。”他们说。一左一右簇拥着他，笑对镜头，说回家之后，要把这张合影常拿出来看看。这年，他七十有五。

他是在一次聚会时，遇见我，给我讲这个故事的。八十岁的人，看上去，不过六七十，话语铿锵，精神饱满。故事却平淡着，像一杯寡淡无味的白开水，我竟听得怦然心动。

我从他的故事里，读懂了两层含义：

其一，不管怎样的坚持，总会有所收获。

其二，坚持到底，就是胜利。

我以为，一些干涸的心灵，是需要这杯白开水润泽的。

没有谁在原地等你

半夜三更，你跑来对我哭诉他的变心，首如飞蓬。你说当初他苦苦追你时，信誓旦旦，许诺过一生一世。婚姻十年，你付出太多，你甘愿放弃一切，做着全职太太，为他洗手做羹汤，为他生儿育女。他现在事业有成了，拣着高枝飞，竟要抛下你这个糟糠之妻。

当初的誓言都是假的！假的！他就是个陈世美！你恨恨。

我看看你，委实吃惊。记忆中的你，粉衣白裙，款款走在三月的花树下。你念过不错的大学，弹得一手好古筝，还会画些小画，虽不是光芒万丈，但也是灿若明珠一颗。

而现在，你发胖的身体，随意套在一件家居服里。你满脸都是怨怼和愤恨，你已跌落尘埃，成了一颗玻璃珠。

你还弹古筝吗？我问。

你愣一愣，不解地看着我，“啊”一声，说，早就不弹那个了，手指都僵硬了。

哦。我为你可惜。

我想讲一个小故事给你听。

多年前，我还是个小姑娘的时候，特别馋柿子。

对，就是那种软软的红红的，西红柿一般大小的，普通得不能再普通的水果。现在的农民种植多了，坡上地里，成片的。秋天的时候，柿子多得挂树上无人问津，只一任它挂着，小红灯笼似的，成了风景。

那时候却稀罕。我读书的小学边上，住一户人家，院子里长一棵很粗大的柿子树。十月的天，一树的柿子，黄澄澄的。那家人把柿子一个一个采下来，用洋石灰捂着。不消半天，那柿子就熟得红艳艳亮透透的。透过外面一层薄薄的皮，望见里面甜蜜的果肉在流淌。手上有零钱的孩子，下了课一路奔过去买。他们回教室时，吃得手上嘴上，都是红艳艳的汁液。我表面上装着不屑，心里却渴望得要死，眼睛的余光，扫到那红红的汁液，它的甜蜜，在我心里汇成小溪流，不息地流啊流啊。我以为，世上最好吃的东西，非柿子莫属。

后来，我终得闲钱一枚。午饭也顾不上吃了，我紧攥着那一枚硬币，迫不及待就往有柿子树的那户人家跑。当时，那家人正围坐桌旁吃午饭，他们奇怪地看着我，问，你做什么呢？我手里举着那枚硬币，我不好意思说是买柿子的，只嗫嚅着，低头踢脚下的土。那家妇人看看我手里的钱，似乎明白了，她说，家里没柿子了。我一惊，抬头看她，她的神情，没有一丝说笑的意思。我的心，一下子掉进冰窟窿里，委屈得快要哭了。我杵在那里，走也不是，不走也不是。妇人看看我，忽然叹口气，起身去了里屋，出来时，手上已托着一个红彤彤的柿子了。“这是留给我家大丫吃的，就剩这最后一个了，算了，给你吧。”她接过我手里的钱。

我不记得是怎么把那个柿子吃下去的。我只记得，那日的天空，有着不一般的蓝。校门口的小河边，开满了黄黄白白的野菊花，好看得要命。我快乐得一下午都想歌唱。

多年后，成筐又大又红的柿子放我跟前，我连碰都不想碰了，我早已不喜吃它。

是我变心了吗？从前对它深刻的眷恋，都是假的吗？不，不，柿子还是从前的柿子，而我，早已走过万水千山，见识过太多比柿子更好吃的水果。我的味蕾，已变得很挑剔。

所以，请不要怀疑当初的誓言，每一段感情，原都是真的。只不过，时过境迁，他已走过十万八千里，而你，还待在原地。

仙人掌不哭泣

童梦弟搬来我家隔壁住的时候，手里托着一盆仙人掌。

我家隔壁，是两间老式平房。门前铺着细细的条砖，砖缝里长草，也冒出一朵两朵的小黄花。原主人买了新房，搬走了，两间平房做了出租用。

初秋的天，已有了凉意，雨飘得细细密密。砖缝里的小黄花，在雨里瑟瑟，童梦弟却穿着一条超短裙，裸露着修长的双腿。她跟着房主，一路走，一路笑，浑身洋溢着欢喜。

她住下后不久，就来拜访我，送我一盆仙人掌。

“我妈说过，邻居好，赛金宝。”她笑。唇红齿白，青春逼人。

“姐姐，这个很好长的，你不用怎么理它，它也能长得很好。”她把仙人掌放到我的窗台上，退后两步看看，觉得满意。她告诉我，她的老家，家家都长这个。“哪里碰伤了，用它的汁液搽搽就好了。”她说。

这便相识了。院门外遇见，她总是脆生生地跟我打招呼，一口一个姐地叫我。脸上始终如一的，是花开般的笑容。

她做的工作，很杂，我在街上遇见过几次。一次她在路口散发传单，怀里抱着一大捧彩印的广告。一次在商场门口，临时搭建的舞台上，她又唱又跳的，为商场促销搞宣传。还有一次，我在路边的地摊上碰到她，她在吆喝着卖一些廉价的棉袜子。不管在哪里遇见，都能见到她的笑容，花一般开在脸上。

童梦弟说："我要攒很多很多的钱，我要寄钱给家里，我还要买幢房子，不一定要多大，但一定要够两个人住，我要和我喜欢的人在一起住一辈子。"这是童梦弟的理想生活，很寻常，亦很动人。这个时候，我们已经很熟了。我约她来我家里喝茶，新沏的茉莉花茶。她手里捧一团毛线过来，手指在棒针上上上下下，上上下下，不停地编织。那是外贸加工的线衣，织一件，可换15元的加工费。

她的老家在贵州。深山老沟里，开门看到的全是石疙瘩。能见到土的地方，都被他们开垦出来，种上土豆，种上苞谷。她上面有一个姐姐，下面有三个妹妹。父母盼男孩，给她取名梦弟。她的妹妹分别叫盼弟、招弟、来弟。"名字很俗气，是吧？"她低了头问我，哧哧笑，"不过，我很喜欢，因为，这是我妈给取的。"

她的姐姐在12岁上，得病没了。她成了家里最大的孩子，书只念到小学三年级，就回了家。她要带妹妹，要帮父母干活。尽管，她是那么喜欢念书。

13 岁那年，她母亲得了一种奇怪的病，全身浮肿。家里没钱送母亲去大医院，两个月后，母亲走了。“要是我那时能挣钱，我妈就不会死了。”她说到这里，有些自责，脸上的笑容黯淡下来，好长时间没再言语。唯有十指，在棒针上上上下下，上上下下，舞得人眼花缭乱。

15 岁，她跟了村里人出来打工。做过保姆，在饭店端过盘子，做过化妆品推销员。最穷困潦倒时，她睡过桥洞，去垃圾桶里捡过食物吃。她辗转过不少城市，这让她骄傲。

“简直就是免费旅游呀。”她又笑起来，有些自得地晃了晃头。后来她挣钱了，她挣的钱不但养活了她的家人，而且还让妹妹们都能把书读下去了。现在，她最大的妹妹盼弟，已大学快毕业了。“她成绩很好的，也能自己挣钱给自己花了。”日子算是苦尽甘来了，童梦弟的梦想，开始闪光。

她说她也要做个有知识的人。问我讨了些书去读，又买了钢笔字帖练字。一次，她拿了她练的字来给我看，我看到上面写着一首拙朴的小诗，题为《仙人掌不哭泣》：

仙人掌不哭泣

因为泪水对它来说
十分十分珍贵
它用它浇灌心灵
它用它滋养身体
卑微的生命
因此开出美丽的花朵

我说不错啊，这谁写的诗？童梦弟就很不好意思，她第一次在我跟前忸怩起来，低头哧哧笑半天，才告诉我说是她写的。我真诚地叹，写得不错，真的不错。她听了，非常非常开心，千恩万谢地走了。

这之后，每隔一两天，童梦弟就会拿了她的新作来给我看。那些诗作虽稚嫩，却清新自然，带着泥土的气息。她兴奋地说，她正试着投稿，等她挣到第一笔稿费，一定请我吃饭。

有一段日子，我很少见到童梦弟。隔壁的门，整日整夜地关着。要不是晾衣绳上，晾着一件她的黑裙子；要不是窗台上，摆放着她长的两盆仙人掌，我会疑心，我的隔壁，童梦弟从来没有来住过。

再见到童梦弟，秋已深了。平房前，砖缝里的小草和小黄花们，都已萎了。她来敲我的门，穿一件绛红色线衣，素妆着，笑容明艳。她问我有没有葱，她说："我想学做扬州炒饭呢。"

我好奇地问她这些日子去了哪里。她只管抿了嘴笑，后来才告诉我，她和一个人，回了她的老家一趟。

原来，她爱了。在来这儿之前，她在北方的一座城，已拥有一份收入很不错的工作，但她遇见了他。她毅然放弃了好好的工作，跟着他，一路来到这里。只因为，他的家在这里，他不愿离开家。

我给了她一把葱。不一会儿，她端一碗扬州炒饭来，请我尝。我尝一口，赞："味道真不错，像正宗的扬州炒饭呢。"她眼睛亮亮地看着我，欢喜地问："真的？"

她喜欢的那个人，是最爱吃扬州炒饭的。"他祖上是扬州的呢，他曾祖父，还在扬州做过官呢。"她说起他来，眉眼里，全是笑。

几天后，我看到一个男人，出入她的小屋。男人模样一般，举止倒也温厚。他帮童梦弟晒被子，在晾衣绳上，一遍一遍扑打上面的尘粒。他一来，童梦弟就去菜场，买回一堆菜，一头钻进厨房里，忙得油烟四溅。

转眼之间，冬天来了。

第一场冬雪倏然降临，不过眨眼之间，树白了，屋子白了，路白了，整个世界，都白了。我找出相机，去叫童梦弟出来一起拍雪景。门敲了许久，童梦弟才来开门，身上裹一件毛毯，凌乱着一头长发。

我一眼瞥见，她的眼窝底，有深深的泪痕。正诧异着准备询问，她的脸上已换上笑容，花开一般的。她说："姐，你等我一下啊。"转身冲进房内，再出来，她已换了装，上身套一件红色外套，脚上蹬一双红色雪地靴，脸上施了薄粉，长长的头发，挽在脑后。她又变成我熟悉的童梦弟，靓丽阳光得跟一朵红梅似的。

那天，我们在雪地里疯玩了好久，拍了许多漂亮的照片。童梦弟表现得非常开心，她在雪地里奔着、跳着，像只快乐的红狐狸。

我是在一些天后才得知，那时，童梦弟已怀上男人的孩子，而男人，却不能接受她了。男人的父母一直不同意男人与她交往，尽管她做出种种努力。她给他父母织线衣，一件一件，从上衣，织到毛裤。她去他家，小保姆似的，里里外外帮着打扫。隔三岔五的，她会买了他父母爱吃的糕点，送过去。她甚至托父亲，做了贵州特产——熏肉，打包寄过来，让他父母品尝。他们还是不能接纳她，嫌她是外地的，嫌她家穷，嫌她没文凭。男人在父母的安排下去相亲，很快与一本地女孩开始交往。她选择了放手，关在屋子里，独自疗伤。自始至终，她都没有告诉男人，怀上孩子的事。

腊月底，空气中到处都弥漫着浓浓的年味，家家户户都着手准备过新年了。童梦弟跑来跟我告别，她把她养的几盆仙人掌，全都送给了我。她说她要去别的地方，不会再到这里来了。她说有机会，她很想去读读书，在大学校园里散散步。她说她会活得好好的，找到一个真正喜欢她的人，一起过一辈子。她说这些时，脸上始终挂着花开般的笑容。

我问她："恨他吗？"她笑着摇摇头，说："不。就当是我不小心，碰破了点皮，用仙人掌的汁液，搽搽就好了。"

新年过后，我隔壁那两间老式平房里，很快搬来新的租客，是一对做生姜生意的年轻夫妇。清晨，他们一起推了拖车，去卖生姜。晚上，他们一起拉着拖车回家，一起做饭，隔着一些尘粒和油烟，大着嗓门说笑。他们总使我想起童梦弟，她的理想生活，就是这样的。

暮春的一天，童梦弟送我的几盆仙人掌，在不知不觉中，开了花。花粉粉的，重瓣，像微笑着的人的脸。

素心如简

有好多年了，我一直居住在郊区。虽然离上班的地方远了些，但我喜欢那里的清幽。树木夹道，花草的香气，总是不分季节地在空气中缠绵。我喜欢沿着屋后的小道，漫无目的地走，走着走着，就走到人家的农田边上去了。我可以看看豌豆开花，青菜展开肥绿的叶，瓜藤上挂着绿宝石一样的果。

我也喜欢到一家厂房的门口去，那里新开了一家小店，卖面条，也卖米和菜油。有时懒了，不想做饭了，我就去买上一块钱的面条回来下。

小店实在袖珍，是厂房斜搭出来的一块廊棚，周围用砖砌了墙。原先大概是做收藏杂物之用，十来平方米的样子，租金应该不贵。

开店的是一对夫妇，三十来岁的年纪，貌相普通，但看起来却清清爽爽。无论什么时候遇到，都能望见他们脸上的笑，憨憨的，亮亮的，让人觉得又亲切，又舒服。

夫妻二人配合默契，一个和面，一个必持了水瓢添水。一个称秤，一个则收钱。也没见孩子，倒见着流浪猫几只，在他们的店门口撒欢。他们用小花碗给小猫们喂食。有人拿起那花碗端详，可惜道："这么漂亮的碗啊。"他们只是笑笑，照旧拿小花碗给猫喂食。

当黄昏的金线，一丝一丝拉开，他们的小店就打烊了。人问：“不做生意了？”他们笑答：“不做了，要跳舞去。”都换上了鲜艳的衣裳，男人开电瓶车，女人在后面坐着，一溜烟儿往市区的广场去了。那里，每日里都有一群人，在黄昏时分起舞。

有时也见他们在店门口跳。旁有巴掌大的空地，上面种着葱，长着蒜。绿油油的，很招人。流浪猫三四只，黑花白黄，绒球球似的，在葱里面打闹翻滚。男人教女人走舞步，一二三四，一二三四。路过的人停下，看着，笑。惊讶的有，更多的，却是羡慕。大有大幸福，小有小幸福，能这样与幸福握手拥抱的，能有几人？

一次，我去买面条。女人正在包藕饼，洁白嫩润的藕片，云朵样堆在手边。她放下手上的活儿，冲我笑：“来啦？”麻利地给我称上一块钱的面条。

我说：“包藕饼呢。”

她说：“啊，对，我叫它素心饼呢。”

“为什么叫素心饼？”我好奇，这名儿太让人心动。

“我随便取的，你看，藕的这一个一个小孔，像不像心？”她拿起一片藕让我看，她脸上有孩子般的天真。屋外的天光，在藕孔里浮游，那些小孔，看上去，真的像一颗颗透明的心。

她装藕饼的盘子亦好看，白瓷的，上面盘着蓝色的碎花。她见我盯着她的盘子看，遂笑着告诉我，那是她挑的，她就喜欢漂亮的碗啊碟子的。“我家里那个人也喜欢。”她补充道。

我第一次认真打量他们的小屋。一条粉色的布帘子搭着，里面做了他们的起居室。面粉袋和米袋整齐地码在墙边。一个灶头的小煤气灶，挨门口放着。切面条的案板占去了屋内大半个地方，局促到转身也难。但装幸福，足够了。

男人去酒店送面条回来了。油锅里的油温升起来，翠绿的葱花撒下去，爆出香。男人探头进来，说：“好香。”女人抬头冲男人笑，应道：“饭就快好了。”

我提着面条跟他们告别，心变得快乐轻盈。我踩着林荫道上树的影子，向着我的小家走去，觉得这活着真有意思。素心如简，素心如简，我这么念着，他的笑脸，她的笑脸，就浮现在我的眼前，让我看到了光芒，看到了华贵。

初心里，哪有什么风雨雷电呢！哪有什么毒蛇猛兽呢！是相信这个世界的所有。相信鲜花，相信彩虹，相信笑容，相信温柔，相信纯真和善良，相信承诺。哪怕是谎言，哪怕是欺骗，也是坚信不疑的。

初心

书香做伴

年少的时候，我曾热切地做过一个梦，一个有关书的梦：开一家小书店，抬头是书，低头还是书。

那时家贫，无钱买书。对书的渴望，很像饥寒的人，对一碗热汤的渴盼。偶尔得了几枚硬币，不舍得用，慢慢积攒着，等有一天，走上几十里的土路，到老街上去。

老街上，最诱惑我的，不是酸酸甜甜的糖葫芦，不是香喷喷的各色糕点，不是喜欢的红绸带，而是小人书。小人书是一个中年男人的，他把书摊摆在某棵大树下，或是巷道的拐角处。书大多破旧得很了，有的甚至连封面都没了，可是，有什么关系呢？它们在我眼里，是散着馨香的。我穿过川流的人群奔过去，我穿过满街的热闹奔过去，远远望见那个男人，望见他脚跟前的书，心里（腾跳出、闪现出、挪动出）欢喜来，哦，在呢，在呢。我（走、扑、溜）过去，蹲在那里，租了书看，直看到暮色四合，用尽身上最后一枚硬币。

读小学时，我的班主任家里，订有一些报刊，让我垂涎不已。班主任跟我父亲是旧交，凭着这层关系，我常去他家借书看。他对书也是珍爱的，一次只肯借我一本。有时夜晚，借来的书看完了，我又想看另外的。这种欲望一旦产生，便汹涌澎湃起来，势不可当。怕父母阻拦，我偷偷出门，跑去班主任家，一个人走上五六里的路。乡村的夜，空旷得无边无际，偶有一声两声狗吠，叫得格外突兀，让人心惊肉跳。我看着自己小小的影子在月下行走，像一枚飘着的叶，内心却被一种幸福，填得满满的。新借得的书，安静在我的怀里，温良、敦厚，让我有满怀的欢喜。

多年后，我想起那些夜晚，还觉得幸福。母亲惊奇，那时候，你还那么小，一个人走夜路，怎么不晓得害怕？我笑，我那时有书做伴呢，哪里想到怕了？那样的月色，漫着，水一样的。一个村庄，在安睡。我走在村庄的梦里面，怀里的书，散发出温暖亲切的气息。

上高中时，语文老师清瘦矍铄，爱书如命。他藏有一壁橱的书。我憋足了劲儿学好语文，只为讨得他欢喜，好开口问他借书。他也终于答应我，我想读书时，可以去他家借。

他家住在老街上，很旧的平房，木板门上的铜环都生锈了。屋顶上黛青色的瓦缝里，长着一蓬一蓬的狗尾巴草。这样的房子，在我眼里，却如童话中的小城堡，只要打开，里面就会蹦跳出无数的美好来。

是四五月吧，他屋门前的一棵泡桐树，开了一树紫色的桐花，小花伞似的，撑着。我去借书，看到他在树下坐着，一人，一椅，一本书。读到高兴处，他拊掌大叹，妙啊！他孩子气的大叹，让我看到人生还有另一种活法：单纯，洁净，桐花一般地美好着，与书有关。

后来，我离开老街，忘了很多的人和事，却常不经意地会想起他：一树的桐花，开得摇摇欲坠，他在树下端坐。如果我的记忆也是一册书，那么，他已成一枚书签，插在这册书里面。

而今，我早已拥有了自己的书房，也算实现了当初的梦想——抬头是书，低头还是书。若是外出，不管去哪里，我最喜欢逛的，定是当地的书店和书摊。

午后时光，太阳暖暖的，风吹得漫漫的，人在阳台上小憩，随便从书架上抽出一本书，摊膝上，风吹哪页读哪页。如果书也是一朵花，我这样想象着，如果是的话，那么，风吹来，随便吹开的一页，那一页，便是盛开的一瓣花。

人、书、风，就这样安静在阳光下，安静在岁月里，妥帖，脉脉温情。

【真题链接】

1. 文中多次提到“我”喜欢租书或借书，请仔细阅读，说说其中的原因。

2. 仔细阅读第③自然段，请从括号内选择一个恰当的词语，并简要回答所选词语表现了“我”当时什么样的心情？

我穿过川流的人群奔过去，我穿过满街的热闹奔过去，远远望见那个男人，望见他脚跟前的书，心里（腾跳出、闪现出、挪动出）欢喜来，哦，在呢，在呢。我（走、扑、溜）过去，蹲在那里，租了书看，直看到暮色四合，用尽身上最后一枚硬币。

3. 文中第④自然段画波浪线的句子主要用了什么描写方法，有什么作用。

4. 文章题目为“书香做伴”，请仔细研读全文后，简要归纳在“我”的梦想实现之前“书香”和“我”“做伴”的主要经历。

5. 作者在第⑪自然段中说：“如果书也是一朵花，我这样想象着，如果是的话，那么，风吹来，随便吹开的一页，那一页，便是盛开的一瓣花。”请结合上下文，并联系自己的读书体验，谈谈你读了这句话的感悟。

佳句摘抄

★乡村的夜，空旷得无边无际，偶有一声两声狗吠，叫得格外突兀，让人心惊肉跳。我看着自己小小的影子在月下行走，像一枚飘着的叶，内心却被一种幸福，填得满满的。新借得的书，安静在我的怀里，温良、敦厚，让我有满怀的欢喜。

★午后时光，太阳暖暖的，风吹得漫漫的，人在阳台上小憩，随便从书架上抽出一本书，摊膝上，风吹哪页读哪页。如果书也是一朵花，我这样想象着，如果是的话，那么，风吹来，随便吹开的一页，那一页，便是盛开的一瓣花。

【阅读有道】

修辞，让语言摇曳多姿

有人说，语言是思维的外壳。

也有人说，语言是理解作者内心世界的钥匙。

因此，作家们费尽心思地锤炼语言，或生动，或简练，或精准，精准到只能是“这一个”。

丁立梅老师也是一个非常讲究语言的人，尤其善用修辞手法。不能理解她笔下的修辞，就不算完全读懂她的散文。她的散文中，修辞手法多样、自然、贴切，用得最多的是比喻、拟人。

《书香做伴》中写自己年少时乡村夜行，“小小的影子在月下行走，像一枚飘着的叶”，因为尚读小学，所以那时的作者还只是“小小的”，故而比喻成“一枚叶”，让人联想到一枚发卡、一枚胸针之类的小巧；因为是行走着的，故而用“飘着”，让人想到了轻盈、轻快、飘逸。这样的比喻，不仅注重形似、神似，更注重给人带来的阅读美感。

同是《书香做伴》，“新借的书，安静在我的怀里，温良，敦厚”，这里，书不是被动者，不是被“抱在怀里”，而是“安静在怀里”，而且“温良，敦厚”，这样，书就不再是由纸张组成的冷冰冰的印刷品，而变得有情感、有温度、有生命。作者对书的珍视与喜爱，就尽在这个拟人之中了。领悟了此处的拟人之妙，也就读懂了作者的语言，领悟了作者的感情。

修辞，让语言摇曳多姿，学会欣赏它，更要学着运用它。

牛皮纸包着的月饼

朋友去北京，给我带回两盒包装精美的月饼。红漆木盒装着，华丽、雍容。

揭开盒盖，不多的几只月饼，躺在质地柔软的丝绒上，是皇家女儿，金枝玉叶着。

洗净了手，和家人带着虔诚的心，切了一只月饼来尝。为此，我还特地拿出宝贝样收藏着的印花水晶盘，把月饼摆成菊的模样。一家人欢欢喜喜拿了吃，鱼翅做的馅，味道怪异，家人都只吃了一口，就放下了。我坚持吃了两块，但终究，也受不了那份怪异。余下的，狠狠心，丢进垃圾桶。丢的时候，我祖母似的念叨，作孽啊作孽啊。

便格外怀念起小时的月饼来。是些小作坊做的，用桂花或松仁做馅，外面的面粉，层层起酥，洇着金黄的油。看着就让人垂涎欲滴。

在中秋前一个星期，村部的唯一一家小商店，就把月饼买回来了。散装的，搁在一个大缸里。我们放学时从商店门口过，可以闻得见空气里的月饼味，香甜香甜的，很浓。探头去看，总看到面皮白白的店主，在用牛皮纸包装月饼，五个一包，十个一包。他动作舒缓，在那时的我们眼里，那动作无疑是美的，充满甜蜜的味道。我们的心，开始生了翅膀，朝着一个日子飞翔。

终于等到中秋这一天了。起早祖父就答应了的，晚上，每人可以分到一只月饼。那一天，我们再没了心思做其他的事，只盼着月亮快快升起来。等月亮真的升起来了，我们不赏月，眼睛都聚到门口的小路上。祖父出现了，手里提着用牛皮纸包着的月饼，隔了老远，我们都能闻到月饼的味道。兄妹几个，跑过去迎接，在他身边跳。祖父说，小店里挤满了人，好不容易才买到月饼。语气里有得意，仿佛他做了一件很了不得的事。

煤油灯下，祖父小心地揭开一层一层的牛皮纸，我们得到了向往中的月饼，用小手托着，日子幸福得能滴出蜜来。母亲在一边教育我们，好东西要留着慢慢吃。于是我们把月饼分成一点一点的碎屑，舔着吃。总能把一只月饼吃到第二天，甚至第三天。

大人们也一人一只月饼，但他们多半舍不得吃，藏着，只等我们嘴馋了时，分了去吃。但生活的琐碎和忙碌，会让他们忘掉藏月饼这件事。我祖母有一次藏了一只月饼，等她记起时，月饼上面已长了很长的毛了，不得不扔掉，一家人为此痛心了好多天。

祖母也曾把月饼分送给邻家两个孩子，那两个孩子跟着寡母过活，自是没钱买月饼。中秋时，别人家欢歌笑语，他们家却冷冷清清的。祖母说，可怜啊。遂踮着小脚，给他们送了月饼去。回家来安慰我们，让别人吃掉，比自己吃掉好。那时年幼，不明白这句话，现在想想，祖母说的是帮人的快乐啊。如今那两个孩子早已长大，都出息了，一个在南京，一个在杭州。我祖母在世的时候，他们每年回来，都会去看看她。他们说，忘不了小时候用牛皮纸包着的月饼。

【真题链接】

1. 梳理情节：本文以“牛皮纸包着的月饼”为叙事线索，文章可以这样概括：

店主包月饼——(　　　)——祖父分月饼——大家吃月饼——(　　　)

2. 把握情感：作者说牛皮纸包着的月饼看着就让人垂涎欲滴，除此之外，这月饼里到底还包含了什么“滋味”让作者难以忘怀?

3. 请比较第⑤自然段画线句子与改写句在表达效果上的不同：

原句：我们放学时从商店门口过，可以闻得见空气里的月饼味，香甜香甜的，很浓。

改句：我们放学时从商店门口过，可以闻得见空气里很浓的香甜香甜的月饼味。

4. 请赏析文章第⑦自然段中加点字“舔”的表达效果。

5. 题目写的是“牛皮纸包着的月饼”，那开篇为何先从包装精美的月饼说起?

6. 结尾处邻家的两个孩子“忘不了小时候用牛皮纸包着的月饼”，如果你就是这两个孩子其中的一员，回到家乡，见到“祖母”，你会说些什么呢?

佳句摘抄

★ 探头去看，总看到面皮白白的店主，在用牛皮纸包装月饼，五个一包，十个一包。他动作舒缓，在那时的我们眼里，那动作无疑是美的，充满甜蜜的味道。我们的心，开始生了翅膀，朝着一个日子飞翔。

★ 煤油灯下，祖父小心地揭开一层一层的牛皮纸，我们得到了向往中的月饼，用小手托着，日子幸福得能滴出蜜来。

【阅读有道】

人间有味是清欢

苏轼在《浣溪沙·细雨斜风作晓寒》中这样写：

细雨斜风作晓寒，淡烟疏柳媚晴滩。入淮清洛渐漫漫。

雪沫乳花浮午盏，蓼茸蒿笋试春盘。人间有味是清欢。

词中苏东坡抓住了两件有特征的事物来描写，乳白色的香茶一盏和翡翠般的春蔬一盘，茶叶和时鲜蔬菜的色泽，使读者从中体味到词人品茗尝鲜时的喜悦和畅适，最后以“人间有味是清欢”作结，将生活形象铸成艺术形象，显示出词人高雅的审美意趣和旷达的人生态度，有照彻全篇之妙趣，为全篇增添了欢乐情调和诗味、理趣。

简单的，只因为心中有了对生活的期许与热爱，就变得不简单。丁立梅老师《牛皮纸包着的月饼》从当下包装精美、华丽、雍容的月饼写起，写出了当年只是用牛皮纸包着的月饼，给年幼的作者带来的快乐。这份快乐，源于多日的期盼，源于当时生活的清贫，源于年少时纯真的心，更源于帮助别人带来的满足。于是当祖父“小心地揭开一层一层的牛皮纸”分给我们月饼时，幼小的“我”用小手“托着”，把月饼分成一点一点的碎屑，“舔着吃”。

在体味这份快乐的同时，还得会欣赏作者的炼字艺术。丁立梅老师的文字朴实无华，却表达了最真挚动人的情感，这也得益于她的炼字艺术。炼字，在中国是有传统的。唐朝诗人贾岛因此还留下了千古佳话，留下了一首脍炙人口的诗篇：

题李凝幽居

闲居少邻并，草径入荒园。
鸟宿池边树，僧敲月下门。
过桥分野色，移石动云根。
暂去还来此，幽期不负言。

“我们得到了向往中的月饼，用小手托着，日子幸福得能滴出蜜来。母亲在一边教育我们，好东西要留着慢慢吃。于是我们把月饼分成一点一点的碎屑，舔着吃。”这段以动作描写为主的描写中，“托着”，表现了作者拿到月饼时内心对月饼的珍重；“舔”，写出作者舍不得大口吞进嘴里，一骨碌咽下去，而是一点一点地“舔”。这两个动词，把作者幼时对月饼的珍视，写得生动传神。我们阅读文学作品，不仅要理解作家的思想感情，不仅要欣赏作家优美的语言、丰富的修辞，还要学习作家为了语言精准“吟安一个字，拈断数茎须”的认真。

【经典赏析】

不要让心长出皱纹

一帮中年人聚会，一女人盯着我细看，冷不丁来了句，你脸上怎么还没长皱纹？

去理发店。帮我洗头发的小女孩的手，鲜嫩得跟青葱似的，她在我头上弹啊弹啊，弹着弹着，突然停顿了手，甜甜地问，阿姨，你的头发怎么这么黑，一根白的也没有？

跟陌生朋友见面，他们总要疑惑地，对着我上上下下，打量了又打量，问，你儿子果真那么大了吗？你看上去不像啊。

像？什么才叫像？就像小时写作文，写到母亲，必是皱纹密布的一张脸。黑发里，必是霜花点点。必是背驼腰弓，沧桑得不得了。必得有一点老态，才叫正常。仿佛到了一定年纪，非得烙上这个年纪的印记不可。涂红指甲，不可以！穿花裙子，不可以！你因一件好玩的事，忘情地跳着笑着，不可以！你还拥有好奇、激动、热血，不可以！

街上的喧腾热闹，都不带你玩了。新奇新鲜的玩意儿，都没你的份了。衣服也只能挑黑蓝紫的，质不必高，能遮身就行。出门不必装扮，因为没人注目到你身上。时尚的话题，你没一句插得上。你一边待着去吧，别碍手碍脚的，最好自个儿识趣地，搬把椅子，去太阳下打打盹儿。或养只小猫小狗，打发时光。你慢慢、慢慢地退到角落里去，没有人留意你的喜怒和欢悲，你被世界遗忘，你渐渐地，也被自己遗忘。

这叫什么逻辑!

我偏不！我想唱的时候，我就大声唱。我爱跳的时候，我仍忘情地跳，只要我还能跳得动。我还是爱囤积发圈、胸针、手链、挂件诸如此类的小物件。我还是好探险，喜欢跑到幽深的更幽深的地方去，因意外发现一棵开满花的老树，而万分惊喜地欢叫。对了，我还买了一堆气球放家里，没事时，吹着玩。

我堂哥，五十好几的人了，头顶已秃过半，眼角皱纹堆积。我们虽不常见面，但每次见面，我都喜欢跟他黏一起，因为他好玩。有一次，我在房间做事，他在客厅，我突然听到客厅里传来他的哈哈大笑。跑去看，他正在看动画片，动画片里，一只小老鼠把一只猫捉弄得狼狈不堪。我堂哥指着动画片叫我看，笑得上气不接下气，他说，你看，你看，你看那只小老鼠！那一刻，他可爱得让我想拥抱他。

人活的，原不是年纪，而是心态。只要心态不老，你就永远不会老。

记得我在念大学时，一个老太太教我们历史。我们一帮青春娃，一开始都很排斥她。等听她上了几节课后，我们却一下子都狂热地爱上她。她喜穿水粉的衫子，又描眉，又画唇，真是好看。上课时，她的肢体语言十分丰富，讲起历史典故来，眉飞色舞，引人入胜。课后，我们围住她聊天，她教我们怎么打蝴蝶结，告诉我们去哪条老街，可以淘到好看的包和鞋子。春天，她和我们一起外出踏青，在闹市口，她买一艳丽的鸡毛掸子扛着。桃红鹅黄的鸡毛，插在一根长长的竹竿上，她扛着这团艳丽，在人群里走，实在招摇。我们虽不明所以，然跟着她的这团艳丽走，满心里，竟都是说不出的快乐和好玩。等走过闹市区，她这才对我们悄语，我买这个，是想扑蝴蝶来的。

好多年过去了，每每想起她，人群中的那团艳丽，和她一脸的小天真小狡黠，我都不由得从内心底，散发出欢笑来。

我知道，有一天，我的脸上，也会长出皱纹。我的头发，也会渐渐变白。我也终将老去——时光，这把镂刻岁月的刀，我也控制不了。但我，大可以让心，不长出皱纹。像我的大学历史老师那样，永葆着一颗童心，去好奇，去发现，去欢喜，去开怀。这对自己来说，是有福的，对身边的人、对这个世界，亦是有福的。多一份童趣，少一份怨恨和暮气，多好玩啊。

爆米花

爆米花的那个男人不知打哪儿来的，反正他来了，骑着一辆三轮车，车上装着炭炉、小滚筒，还有一大袋子玉米粒。他在桥头摆开阵势，很快吸引了一部分人去，大家用充满新奇又快乐的口吻，明知故问道：“爆米花呢？”男人把炭火烧得旺旺的，把小滚筒里装上玉米粒，笑回道：“是啊。”

我也站一边傻看，心里涌满莫名的感动和欢喜，仿佛遇到故人，有着遥远的亲切。爆米花城里到处有卖，咖啡馆里有，超市里有。微软的白，奶油浸过的，用瓷的或竹的器皿装着，底下垫一层白色印花纸。是走进皇宫的灰姑娘。味道也不似从前，闻起来奶油味， 吃到嘴里，依然是奶油味，失了原先那种粗糙的香。

原先？原先是什么呢？在那些高而灰白的天空下，一群孩子像过节似的喧闹着，围着一炉火跳，火上，黑黑的小铁桶在快速转动。而后，爆米花的那个黑脸膛男人大喊一声：“炸啦！”孩子们欢叫着四下跳开，只听“嘭”一声，滚筒里的玉米粒全都开了花，是香香的一小朵一小朵的。孩子们的快乐也随之开了花，散着粗糙而又拙朴的香。

一年里，也就那些寒冷的冬天最让人期盼，一小撮玉米粒，就能换来一大蓬花开的幸福。它让整个冬天不再冷清。

也还记得，村子里有个寡居的妇人，小脚。真正的小脚。我看过她晒在墙头的鞋，绣花的，小巧得可以藏在我的口袋里。妇人衣衫整洁，喜欢在脑后盘个大大的髻。妇人平时言语不多，跟村人们也没什么来往，一个人孤寂寂的。却喜欢小孩子，看到我们，就招手要我们去她家。她家有个米坛子，外表一团暖黄，上面盘着拓印的睡莲花。米坛子置在她的床头柜上，里面仿佛有取不完的爆米花。每次我们去，妇人都会从里面抓出许多，给我们一人一小把。妇人坐在梳妆台前，一边揽头发，一边笑眯眯回头问我们："好吃吧？"我们齐声答："好吃。"她说："好吃下次再来啊。"我们应道："好。"但下次未必真的去，除非她招手叫我们去。心里那时挺矛盾的，一方面抵不了爆米花香味的诱惑，另一方面又有些怕她。听大人们说，她早年有过男人和孩子，但男人死了，孩子也死了。

现在想来，她不过是个怕寂寞的妇人，只想用爆米花，来留住这世上的一些香和热闹。在那些备是凄惶的日子里，爆米花一定给了她最最温暖的慰藉。

爆米花的男人，现在天天准时出现在桥头。在一簇火的烘烤下，无数颗玉米粒，在深秋的夜里开了花。我每次路过时，总会放下一元的硬币，买上一小袋爆米花，托着它回家，然后坐在灯下慢慢吃。我想起故乡，想起久远的一些香，一些好，还有人生的轮转。也不过一刹那的工夫，多少年就这样过来了。

冷锅饼

发酵的面粉头天晚上就用大盆装了，祖母还抓一把稻草，把盆焐好。我们的心，开始激动起来，快有冷锅饼吃了。那终日里土黄着一张脸，搁在檐下被风吹被雨淋的陶盆，在我们眼里，变得无比亲切且温暖。兄妹几个不时去看看它，很是担心一眼照应不到，它就飞了。

是的，过中秋了。村里唯一一家小商店，红砖的墙上，几天前就贴上大红的纸，上面写着：月饼供应。其实哪里用得着写啊，月饼的香甜味，即使被藏着掖着也能闻得见的。何况一口大缸里，满满装着的，全是月饼呢。空气中，密布着月饼的香甜。我们几个孩子，从商店门口走过去，再走过来，如此反复，只不过是想更近地嗅到月饼味。那寸寸的空气，只需轻轻一戳，就是一口甜。

面皮白的店员——一个脾气温和的中年男人，站在店门口，好笑地看着我们，说，回去叫你们家的大人来买月饼啊。我们被他看中心思了，很不好意思地跑开去，心里想的是，我们家哪里买得起月饼呢。便很强烈地羡慕他，能守着一缸的月饼，该多么幸福。待我长大一些后才明白，卖月饼的，未必吃得起月饼。那时，他亦是个穷人，是从城里，被派到我们乡下来守店的，拿不多的工资，要养活他在城里的一大家子。

月饼于我们是奢望，冷锅饼却是家常的。我所在的乡村，每到中秋，家家都要做冷锅饼敬月神的。敬不敬月神我们小孩子不关心，我们关心的是，可以吃到冷锅饼了。祖母是做冷锅饼的高手，发酵好的面粉，被她分批倒进一口刷好油的大锅里，盖上锅盖焖。这个时候，烧锅的事，祖母不许别人碰，都是她亲自做。火大了饼子会煳了，火小了饼子会粘着了，得把灶膛里的火，控制得不大不小，那功夫，全在祖母手上。我们在厨房里跳进跳出，不时问祖母，好了吗？等待的时间，真是漫长。

约莫一个时辰后，祖母熄了灶膛里的火，把一块湿纱布，摊在锅盖上。等湿纱布干了，锅灶冷了，冷锅饼也就可以出锅了。新出锅的冷锅饼，足足有脸盆那么大，两面金黄，松软适度，香味扑鼻。我们急不可耐掰下一块，塞进嘴里，饼子的香味，立时窜得满嘴都是。我们不再想月饼，有冷锅饼可吃，便觉得自己是世上最幸福的人了。

邻里之间，在中秋这天，是要相互赠送自家做的冷锅饼的。这家的，那家的，各个的口味不同，成了大家茶余饭后的谈资。祖母做的冷锅饼，最受邻居们推崇，都说四奶奶这冷锅饼，没人做得出。祖母听着，谦逊地笑说，做得不好吃呢。眉眼里却都是喜悦。

邻居家小媳妇丽珠，做出的冷锅饼，却是又硬又酸的，少不了被大家取笑。弄得丽珠见了人都低着头，羞愧得很。她跑来向我祖母讨教，祖母毫无保留一一告诉了她，不知后来她做冷锅饼的手艺有没有长进。我想起这些时，丽珠已离世七八年了，人生盛年，心脏病突发。我有次回老家，看见她男人，形只影单地在家门口晃，苍老得很厉害。

家乡的年糕

每年的腊月里，母亲都会特地为我蒸年糕。

说来有点怪，我对糯米做的食物特别偏爱，尤其喜欢吃年糕。放在粥锅里，或直接丢在清水里面煮，都是我爱的吃法，我姐姐不喜欢，我弟弟不喜欢，我嫁的那人也不喜欢，独独我喜欢。

我喜欢“糕”这个字，这是个让人充满温暖怀想的字。你看呀，一个“米”字，再加上“羔”字，是米做的小羊呢。它有着洁白柔软的身子，有着纯净若水的眼睛。

街上卖年糕的，进入秋季就有了。是个中年汉子，他用改制的自行车推着。车前，焊得平平实实一个铁皮箱，箱子上，放一个匾子，里面很有次序地排列着一排一排的年糕。他从大街上走过，车前的电喇叭里在叫：年糕，年糕。这样的叫卖，让人提早想到过年的好光景。

乡下人家过年，最隆重的，莫过于蒸年糕了。那可算得上是巨大工程，全家总动员，淘米，磨粉，烧水，上铺，出笼……一年忙到头，那些披星戴月的日子，那些流过的汗水，那些向往中的幸福，彼时，一一落到实处，变成年糕，可触可摸。让人心满意足得很。

蒸年糕有专门的模具，称作糕箱。有意思的是，糕箱的底板上，都雕刻着花纹。这样蒸出的每块年糕上，便都印着漂亮的花纹了。我曾很迷恋于那些花纹，盯着能看半天，花非花的，充满不可言说的神秘。

蒸年糕时，大人们会关照小孩子做一件事，就是给每块年糕“点红”。用事先泡好的红粉（可食用），装在小碗里，小孩子两人一只碗端着，用筷头蘸着，往糕上点，点在糕的正中央。一块一块的年糕，上面就缀着一个一个的红朵朵了。如同美人眉心的一颗痣，有了千娇百媚的味道。

我一直闹不懂为什么要在年糕上点红朵朵。问过母亲。母亲说，以前的人家就是这样做的呀。想，它应是一种流传的风俗了。这样的风俗真是好，充满喜悦，一看到那些红朵朵，人的心中，就仿佛有着千朵万朵花在开。

现在人们的日子好过了，年糕不再只过年时才有，平常的日子里，商场里也有卖。我吃过不少地方的年糕，品种繁多，有枣年糕、豆年糕、年糕坨等等，花样百出。如浓墨重彩的女子，艳是艳了，却让人难窥其真貌，味道过甜过腻。我还是偏爱家乡的年糕，那是单纯的糯米粉做成的，不掺任何辅料，把它们从糕箱里倒出来，一小块一小块的，周正得很。像乡下常见的那种女孩子，朴质，纯粹，反而让人回味无穷。

竹叶茶

竹叶茶是我家乡最常见的茶，不知其他地方有没有。

家乡的人家，家家长竹，在屋后。那植物好长，埋下一截根，来年，能蹿出一大片。像调皮的小孩，到处乱窜，呼朋引伴着，眨眼之间，一领一大群，生气勃勃热热闹闹着。

这是家乡独特的风景，茅草屋的背后，都有青青的竹环抱着。竹的青绿，配了茅草屋的枯黄或褐色，很好看。

只是，是谁率先试验的呢，用竹叶泡了茶喝，在酷夏？这恐怕谁也说不清了。每家每户，都是这么喝的。水是井水，甘甜。烧开了，丢下数片竹叶，瞬间，水就变了颜色。是搅碎了一块翡翠呀，清冽之中，有着透明的如蝉翼般的绿。待得冷却下来，农人们用瓢舀着喝，一大口灌下肚，甘甜中透着清凉，把热烘烘的肠胃，抚慰得很舒坦。农人们满足地长舒一口气。那个时候，天空很高，很蓝。

记忆里，每年夏天，我祖母早上起床的第一件事，就是烧开水，烧一大锅的开水。然后叫着我们兄妹几个，到屋后竹林里采竹叶。这是我们最喜欢干的活儿，我们小鸟似的飞进竹林，选那些最绿最肥的竹叶采。雀在头顶上唱着歌。

祖母的大盆小盆早就备好了，开水装进盆子里，竹叶丢进开水里。眼见着一层一层的翠绿，在水里面洇开来，是浓情蜜意。泡好的竹叶茶，被我们送到地头去。父母和一帮农人正在地里挥汗如雨。一片植物，棉花，或是玉米，在大太阳下，骄傲地开着花。那边有人招呼一声，歇晌了。大家便笑哈哈走上地头来，拣块树荫坐。从盆子里，操起一只水瓢来，满满舀上一大瓢竹叶茶，灌下去。这个时候，根本不分彼此，大家都备有那样一盆竹叶茶呢，你舀我盆里的，我舀你盆里的，是亲亲热热一大家子。

也有偶过的路人，口渴了，停下来问，可以讨口水喝吗？就有农人递过瓢去，笑说，喝吧喝吧，只要你肚子装得下，爱喝多少就喝多少。竹叶茶的清凉，便在空气里荡漾。火辣辣的太阳，也变得温柔了。

长大后我离开家乡，遇到过各种各样的茶，什么清明茶，谷雨茶，云雾茶，秋分茶，不一而足。尊贵的，优雅的，绝尘的，各个用精致的杯子泡了，但我却无比怀念，用大盆子装着的竹叶茶。

给已衰老了的父亲捎过上好的龙井去，父亲泡了喝，嫌不够味。自去屋后，摘下竹叶几片，洗净，丢进碗里的开水里，然后眯缝着眼，喝得有滋有味。

从前

一

你肯定也听过这样一个故事：从前有座山，山里有个庙，庙里有个老和尚，给小和尚讲故事，讲的什么呢？讲的是，从前有座山……如此循环往复，无有尽头。要是你不想停下，这个故事，便永远停不下来。

白日光长长的，讲故事的人，白发如霜。他盘腿坐在院门前，眯着眼逗我们。他只讲一遍，我们就会了，于是把它当歌谣唱，土路上纷飞的，都是这样的音符：从前有座山，山里有个庙，庙里有个老和尚，给小和尚讲故事……

那时只道寻常，山在，庙在，老和尚在，小和尚在，永永远远，都是那般模样。如檐前开得好好的一蓬大丽花，花艳丽得快撑不住颜色了；如门前的大槐树上，蹲着的那个喜鹊窝，一只花喜鹊盘踞在上面唱着歌。

还有，毛小牛的芦笛声，呜呜呜，呜呜呜。只要张开耳朵，就能听到他在吹。

他说，那是远方汽笛的声音。

毛小牛是我的玩伴，头上生许多癞疮，小伙伴们都叫他癞头。他却偏偏生一双巧手，会做芦笛，会用小草编蚱蜢。他走到哪里，芦笛会吹到哪里。

现在再听这个故事，别有一番滋味在心头。岁月，原是由许许多多的从前组成的，山是有从前的，庙是有从前的，老和尚是有从前的，小和尚亦早已成了从前的从前。

毛小牛在25岁上溺水而亡，彻底地成了，从前的人了。

二

夜是有声音的。

夏夜的声音，尤其丰富。

选一处草地坐下。露珠在轻轻落，偶尔会听到“啪”的一声，那是它不小心，打翻了某片树叶。虫鸣于周边响起，唧唧，啾啾，吱吱。还有植物们的声音，它们亲昵得很，一直在耳语。紫薇和梧桐，云松和翠竹，绵延在一起，夜色里，分不清谁是谁。

真静。思绪和着夜色，漫过记忆。想起老祖母了，那时她还不算老，真的不算老。她能拎得动几十斤的草篮子，碎步细密；她能把一群调皮的鸡，撵得满院子飞；她能洗一大盆的衣裳，满满晾一绳。

一样的夏夜。祖母手里摇着蒲扇，摇着摇着就停下了。她定定望着某处，喃喃说："从前，你太婆可疼我呢，这样的夏天，她给我煮绿豆汤喝。我的皮肤，白得透亮，出门去，人家都打听，这是谁家的女娃啊，这么漂亮。"

怔一怔，地上的一片月光，随着树影晃了晃，很不真切。暗地想，祖母哪里有从前呢，祖母本来就是祖母的。风吹着虫鸣声，让人心痒。坐不住的，一溜烟跑去玩——祖母的从前，到底与我不相干的。

玩一圈回来，却发现祖母，还独自坐着在发愣，她沉在她的从前里。

而我现在，沉在我的从前里。

我们原都是从从前走过来的，慢慢地，又成为从前。这便是，人生。

三

心血来潮地想去看荷。这念头一经产生，就势不可当。

我所在的小城，也仅限在公园有。一方池子里，植了数十株。一俟夏天，圆润碧绿的荷叶，铺满整个池子。数枝荷，婷婷于绿叶之上，有含苞的，有已然绽放的。

这是一种清清爽爽的美，不芜杂，不喧闹，正如乐府诗《青阳渡》中所描写："青荷盖绿水，芙蓉披红鲜。下有并根藕，上有并头莲。"

再去公园，却没看到荷，原先的几十株，不知去了哪里，一池的水在寂寞。问及，人都摇头说不知。我把公园里有水的地方都寻遍，也未寻到。

有人提议，隔壁的水乡应该有。于是马不停蹄赶了去，一去百十里，只为看荷。

果真有，路边，荷成亩成亩地长。花却开过了，莲蓬已成形。雨忽然来，大而狂，无法下车细看，只隔着一扇车窗，与它对望。雨雾起，它望不真切我，我望不真切它。但知道，都在呢，心安了。

想起白衣年代，青春无敌，那人举一枝荷，说送我。送就送呗，乡下的池塘里，那么多的荷，实在算不得什么。随手接过来，后来是丢了，还是用清水养了，不记得了。

却在经年之后，追着寻着去看荷。人有时，寻找的，不过是记忆里的从前。当年不曾以为意的，日后却念念不忘，只是因为啊，从前的青春年少，我们再也回不去了。

四

在老家，遇到一乡亲。

乡亲很老了，背驼腰弓，我叫不出他的名字。我以前应该叫得出他的名字的。

他笑微微看我，说：你小时候很聪明的，五个小孩数竹竿，就你数得最快。

数竹竿？这个细节，我是彻底忘了的。

从前的痕迹，以为风吹云散，却不料，一点两点的，不是存活在那个人那里，就是存活在这个人这里。只要轻轻一拨拉，它就哗啦啦奔涌出来，如涨潮的水。你突然想起村东头的瞎眼老太，用断指绕线；你突然想起一个叫“红旗”的光棍汉，一边插秧一边唱：我爷爷是个老红军；拖着鼻涕的少年玩伴，一个一个出来了；你甚至想起邻家的那只花母鸡，还有黑狗。

所有的记忆，此时汇聚到一个地方，那个地方，是从前。从前的人，从前的事，从前的碧空蓝天，有人叫它，灵魂的故乡。

舌尖上的思念

做了一个离奇的梦，没有前奏，没有后续，就那么一个片段。如突降的阵雨，啪啦啪啦掉下来，你才惊讶地仰头看，天却放晴了，太阳明晃晃的。让你有一刻的恍惚——刚刚真的下过雨了么？

一望无际的南瓜地。是哪里的呢？不知。南瓜花开得又多又大，黄艳艳的一大片。我也不晓得自己怎么就站在那片南瓜地里了，我先是看花，每朵花都有脸盆那么大。我正奇怪着，怎么会有那么大的南瓜花呢？花朵突然一朵一朵息了，紧接着，满地都滚着大南瓜，一个个都跟胖娃娃似的。我忍不住弯腰摘了一只，心慌意乱着要往哪里藏。搜寻周边，视野开阔，竟无一处可藏的地方。心里面急，一急，就醒了。

我在黑暗里睁着眼，再也睡不着了。离开老家好多年了，我想念过老家的很多瓜果蔬菜，独独极少去想南瓜。

我对南瓜的感情是复杂得很的。那时的乡下，谁家房前屋后，不种着几蓬南瓜啊。我家种得尤其多，家前屋后的每一块空地上都长着。南瓜花开的时节，那场面够波澜壮阔的，草堆上爬着，沟坌里趴着，树干上攀着。总觉得那南瓜藤有点像蛇变的，没有它游不去的地方。它又极能开花，仿佛身上装着个魔术袋子，里面藏满花朵，一掏一大把，掏不尽。花多，结出的南瓜

便多，是吃不完的，顿顿主食都是它，炒南瓜，煮南瓜，南瓜粥，南瓜饭，南瓜面条，南瓜饼。吃得我们对南瓜很是怨恨起来，摘它回来，从来不是轻拿轻放的，而是狠狠往地上一摔，以示不满。却丝毫伤不到南瓜，它最多是在地上打一个滚，立马坐稳了，又是结结实实一好汉。

姐姐念的小学语文课本里，有篇文章叫《南瓜生蛋的秘密》，讲了一则拥军爱民的故事。解放军对老百姓好，老百姓报恩，就在解放军买的南瓜里，偷偷藏了些鸡蛋。炊事员在切南瓜时，一刀下去，呀，滚出一案板的鸡蛋来。我和姐姐突发奇想，是不是有好心的人，也会在我们的南瓜里，藏了鸡蛋？或者藏些别的东西，譬如姐姐渴望的蜡笔，我渴望的红绸带。一天，我们终敌不过这样的幻想，把房前屋后的大南瓜，挨个儿地开了膛破了肚。结果却让我们失望极了，南瓜的肚子里，除了装着南瓜囊，什么也没有。事后，我们被祖母用笤帚追着打，祖母痛心疾首地跺脚，你们这些败家子，糟蹋了这么多南瓜，你们吃什么啊？

那年的南瓜，并没有因我们的糟蹋而减少，我们还是顿顿吃它，吃了一个夏天，吃了一个秋天，吃了一个冬天。

跟那人说起我做的梦。那人肯定地说，你是怀念过去了，你其实，是很感激南瓜的。

午饭时，桌上就有了一盘糖蒸南瓜，是他特地从饭店叫回来的。他笑眯眯地说，吃吧。我一点一点吃下去，眼前有大片南瓜花在开，岁月的苦与甜，慢慢汇聚到我的舌尖上，在我的舌尖上相会。

老枣树

老家的院子一角，一直长着一棵枣树。枣树枝叶蓬勃时，能遮住半幢房子。屋内的光线因它的分割，显得明明暗暗。我妈做针线，看不清针脚了，她会抬头看一眼窗外的枣树，自言自语道，枣树遮住光了。但从不曾想过动它，就这么让它任性地长着。

这棵枣树，到底活了多大年纪了，我爷爷在世时，也说不清。我爸更是说不清了，我爸说，打小，家门口就长着的。他们兄妹六七个，都是吃着这棵枣树上的枣长大的。

枣树原在爷爷的老家待着的。爷爷成年后，分家产，这棵枣树，也成了家产的一部分，被分给了爷爷。

爷爷带着这棵枣树，到百十里外的荒地里安了家。三间茅草屋搭起，这棵枣树，被植在了茅草屋前，成了我们家的标志。它结果时，累累一树，方圆一二十里的人都知道。

到我记事时，这棵枣树，已被人称为老枣树了。我小时候，走丢过，站在大路上直着嗓子哭。人问，孩子，你家住哪里呀？我抽抽泣泣答，我家房子前长棵老枣树。人便一拍巴掌，恍然大悟，哦，是丁志煜家的啊。因了这棵老枣树，我被顺利送回家。

我十岁那年，我家搬迁到河对岸去。我奶奶不舍得这棵老枣树，执意也要把它搬走。我爸请了人来搬它，人一锹下去，损伤它不少的根。我奶奶心疼得不得了，拿些碎布头包住它的根。它被栽到了新家的院子转角，大家都说，怕是难成活的。但最终，它却活过来了，抽枝、长叶、开花、结果，从不怠慢任何一步。

这棵枣树上的枣子，甜了我们兄妹几个的童年、少年，成了我们心目中家庭中的一员。我们去外地念书，给家里人写信，在最后，也总要问候一下老枣树，老枣树还好吧？

我爸认真回，好着呢，开一树花了。或者回，又结好多枣子了。

枣子总能留到我们寒假归来时吃。我奶奶拣大个的，一颗一颗洗净了、晒干了，装在陶罐里。枣子红红的，一口一个甜。我们吃着，觉得安稳快乐，外面再多的繁华旖旎，也不及家里一颗枣子的好。奔波在外的心，终落到实处。

后来，我们兄妹几个，一个个离家了，有了自己的小窝。然每到枣子成熟的时候，我们都不约而同回老家去，屋前庭后转转，看看老枣树，摘下一颗一颗的甜。一家老小，围桌而坐，一个都不少，其乐融融。有老枣树在，时光好像还是从前的样子。

随着我奶奶和爷爷的相继过世，老枣树也一年不如一年了。先是枝条枯萎，继而，树干腐朽，脆弱不堪。起初，还有少量枝条硬撑着，在春天爆出新绿，在夏初开出花，在秋天果子成熟。到最后，它实在撑不住了，一树的衰败喑哑。

终有一天，等我们兄妹几个都在家，我爸跟我们商量，把老枣树砍了吧？

哦？我们都很意外。看看老枣树，它缩在院子一角，像衰老干瘪着的一个人，怕是连吹过的一缕轻风也扛不住了吧。我们相互看一眼，说，好啊，那就……砍了吧。

再回老家去，我在院子里转着转着，意外发现，在原先老枣树生长的地方，竟冒出一棵小枣树来，探头探脑着，顶一身翠翠的嫩叶子，在阳光下笑意婆娑。

吃茶

看过一首写吃茶的诗，念念不忘。是元人张雨作的《竹枝词》：

临湖门外吴侬家，郎若闲时来吃茶。黄土筑墙茅盖屋，门前一树紫荆花。

是青春着的小女子，爱上一个人，相约着来家里。可是他不认识路啊，不要紧的，标记明显着呢——土墙、茅草屋，门前开着一树的紫荆花，那是我的家。你若有空，就来我家吃口茶吧。这里的吃茶，实在有趣，它把两个闯进爱情中的男女，有滋有味地牵住了。

后来怎么样了呢，那男子真去了女子家吗？那是一定的。门前的紫荆花，开得灿灿的，天空蓝成永恒的模样。她给他沏什么茶吃呢？沏杯花茶吃当是最合宜的，香喷喷的，那是爱情最初的模样。

看《红楼梦》，被里面吃茶的排场给惊着了，种种名茶出没其间，如六安茶、老君眉茶、普洱茶、龙井茶、暹罗茶、枫露茶等等，各有吃的讲究。烧茶的水，也不是随便取的，要隔年雨水、隔夜的露水、梅花花蕊上的雪。吃茶的茶具也是顶讲究的，成窑五彩小盖钟、官窑脱胎填白盖碗、点犀䀉、绿玉斗等等。我的乡人们若是见到这等吃茶的，肯定要大不屑，撇一撇嘴道，吃茶就吃茶呗，还这么瞎讲究。甚至，他们还会追加一句，那也叫吃茶？那叫吃茶叶水。

老家人吃茶，极少加茶叶，他们吃不惯。他们摘了屋后的竹叶，或是从地里随手采来薄荷，丢进沸水里，晾一晾，就可以喝了。吃茶的器具，一律是盛饭的碗。大口灌下一碗，那叫一个痛快。

他们也有顶顶慎重的时候，那是家里来了访亲的客人。老家的访亲，是男女双方缔结姻缘必不可少的一个重要环节。男女双方经媒人介绍，彼此有了相处的意向，这个时候，访亲就提上议事日程。双方挑了良辰吉日，女方先到男方家去实地考察，考察男方的家境、人品，有时还要偷偷访访那里左右邻舍的意见。男方家若有访亲的上门，早几天前就忙开了，家里收拾一新那是肯定的，为了装装门面，有时，还不得不借用一些别人家体面些的家具。也拜托好了左右邻舍，一定要帮忙说好话。最马虎不得的，是一顿茶食了。各色糕点是要配好的，鸡蛋要提早备下。访亲的到来，一人一碗蛋茶是必需的。蛋茶的做法不复杂，水烧沸后，把鸡蛋打进去，不用搅和，由着鸡蛋在沸水里凝固起来，等它变得白白胖胖的，就盛碗。汤水里另加白糖，客气的人家，还会滴几滴麻油进去。如果主家中意对方的姑娘了，会在蛋茶里加多多的白糖，甜得掉牙。访亲的客人吃蛋茶，亦是有讲究的，不能把碗里的鸡蛋全吃掉。若留单数，说明没看中。若留双数，则表示满意。主家收碗时，子丑寅卯，心里立即有数。

老家人平常待客，也多半通过吃茶来传递热忱。客至，必挽留一通，吃口茶再走呀。灶台上立即有了响动，风箱拉得呼呼的，锅里的水，很快沸了。几只鸡蛋下去，一碗蛋茶瞬间做成。桌上已摆上了小碟子，里面各色糕点，摆成花开模样。

我过年时回老家拜年，每回都受到这样的礼遇，家家留了吃茶，自家做的年糕包子糖果点心摆一桌，还外加一大碗蛋茶。他们倚了门笑眯眯地招呼我，没好东西招待你，就吃口茶吧。这样的热忱我总不忍拒绝，于是硬着头皮吃，以致后来我一看见鸡蛋就害怕。但老家人恨不得掏出一颗心来待客的热忱，让我每每想起，心里就暖乎乎的。

吃蟹

很喜欢一句说蟹的谚语：秋风起，蟹脚痒。觉得这一句有趣，哪里是蟹脚痒？分明是人肚子里的馋虫儿，在蠢蠢着的，偏偏要赖到无辜的蟹身上，给自己的吃，找了很好的借口。这个时候的蟹，个大，蟹黄多，肉质厚且嫩。不用任何作料，单单放清水里煮一煮，端上桌来，也是满桌浓香的。

而实际上，不单单秋蟹惹人吃，冬天的蟹，也是一肚子的货色，胖胖的，很能饱人口福。满桌的菜肴吃得意兴阑珊，突然上来一盘蟹，只只金黄灿烂，晃亮人的眼。颇像看戏看到尾场，满场的咿呀之声，听得人疲惫，突然来了一段劲舞，你的热血，就那么重又沸腾起来。

这样比喻吃蟹，好像不恰当。但我就是这么想来着。当一盘子蟹端上来，我全然不顾形象，左手掰蟹脚，右手举蟹黄，一边埋头吃一边说："好吃。"惹得一边的女友，忍不住伸手捏我的嘴巴，说："好可爱。"

暗自笑。无端地想起一句台词来，那句台词，是我无意间看到的一部电视剧里的。祖母对着挑食的孙子，把他撒落在桌上的食物一一捡起来放到嘴里，很有滋味地咂，一边感叹地说："有这样的好东西吃，日子多好啊。"在这里，我想窜改一下，有这样的蟹吃，日子多好啊。

国人喜食蟹，历史悠久，从西周开始，就有吃蟹的史话。魏晋南北朝时有“鹿尾蟹黄”一菜。隋炀帝有御用菜叫“镂金龙凤蟹”的。宋人徐似道亦夸张地写过一句诗：“不食螃蟹辜负腹。”而陆游的“蟹肥暂擘馋涎堕，酒绿初倾老眼明”，那么陶醉地剥壳食蟹，比徐似道的来得更为形象。

《红楼梦》里，曹雪芹更是浓墨重彩写吃蟹。藕香榭中，桂花开得茂密，风也轻轻，水也清清，史湘云邀请贾母一帮人赏桂花，啖蟹。那吃法的科学与讲究，让今人大为感叹。不是水煮，而是用蒸笼蒸的，防了蟹中营养成分的流失。吃蟹要趁热吃，辅之以姜、醋和酒。亦不能多吃，贾母说：“吃多了肚子疼。”

除此之外，我还看到难得的温馨和一团祥和。那样的富贵之家，整日地钩心斗角，声色犬马，却在吃蟹之时，显露出一点做人的快乐来。彼时，无论主子无论丫鬟，统统地放开了手脚，畅饮畅吃，闹着，笑着。像极浓荫下，突然洒落下一点日光，在人的心头，就那么亮了一亮。

这次螃蟹宴上，贾宝玉兴兴地作了螃蟹诗：“脐间积冷馋忘忌，指上沾腥洗尚香。”那个公子哥儿，什么山珍海味没吃过啊，偏着啖食螃蟹时，一吃再吃，忘了禁忌。吃毕，去洗手，手上还留着蟹的余香呢。他写得自然有趣，但我更喜欢林黛玉的“螯封嫩玉双双满，壳凸红脂块块香”，活脱脱写出了蟹的风味来。

蟹的种类繁多，世界上的蟹类约有4700种，我国约有800种。国人一直推崇的蟹是大闸蟹，那是蟹中的极品。

一只猫的智慧

朵朵是我捡回的一只猫。

许是有着流浪的经历，它很少有安分的时候。把它留在屋子里，它是不大待得住的，除非它饿了，跑回来讨吃的。

好在我有自己的院落，大门整天洞开着，很方便朵朵的自由出入。院落外面，是一大块空地。空地上，东家种点瓜，西家种点菜，还有人在里面种花。花是海棠，一年里，大部分时间，海棠都在开着花。红艳艳的，浮霞一般。

朵朵很喜欢这块地，它把它当乐园。它在里面打滚。它在里面奔跑。它跟花捉迷藏。它跟草捉迷藏。它也逗着一些小虫子玩，捉起，再放。再捉，再放。一玩就是大半天。在一只猫的眼睛里，这个世界，都是好玩的吧。

我有时会站在院门口看它玩。它顺着竹竿爬，爬，一直爬到竹竿顶端，跟一茎丝瓜藤比赛着跑。它扑到海棠花上，摇落了海棠花几瓣，它抓住那几瓣海棠，愣是玩了半晌。地里一棵普通得不能再普通的一年蓬，朵朵围着它，竟也玩出百般的趣味来。风吹，一年蓬的草尖尖轻轻摆动，可把朵朵兴奋坏了。它紧张地盯着那摆动的草尖尖，埋下半截身子，蓄势待发。突然，它箭一般地射出它的身子，扑过去，跳上跳下。像骁勇的士兵，独闯沙场。真是羡慕它啊，人的心，早就失了这样的活泼天真，老到得很世故，倒是无趣得很了。

夏天，我在屋门外另加了一道纱门，挡蚊虫苍蝇。这多出的一道门，给朵朵带来极大困扰。一道门挡着，它要么进不来，要么出不去。它抗议，喵呜喵呜叫唤，使劲叫唤，以吸引楼上我的注意。我听到了，会下楼来替它开门，放它进来，或放它出去。有时我听不到它叫，或者听到了，我正忙着，就不去搭理它。它很郁闷地独坐在门前，透过纱门，盯着外面的世界。几片落叶，掉进院中来，在院子里的大理石地面上翻卷，朵朵望着很着急。这时我若开门，它准会一跃而起，弹跳出去，搂着地上的落叶打滚，头都来不及抬的。

某天，我出门散步，忘了把朵朵放出来。等我散步归来，竟看到朵朵在院门口的那片空地里，正追扑着一只小虫子，玩得不亦乐乎。我惊奇不已，屋门完好无损地关着，它是怎么出来的?

留心观察它，很快被我发现了玄机。原来，它的小脑袋里，不知什么时候已琢磨出开门的小点子。它对着关紧的纱门，退后几步，埋下半截身子，像跳高运动员一样，来一段助跑，等跑至门边，整个身子猛地一跃，俩前爪向前，扑到纱门上，门就被推开了。

它跑出去，还不忘回头，得意地冲我“喵呜”一声。

这世上，所有的生命，原都各有各的生存智慧和本领。一只猫的智慧，该是轻轻盛放的一朵花，绿绿的一株草，一只飞着的小虫子，一阵淡拂的清风？——是灵魂的自由。

月下我的影子，像头年轻的小鹿

懒得脱下珊瑚绒的睡衣，我就穿着它，出门去跑步。

每晚，我都要出门小跑一会儿，这成了我一天中最享受的时光。

夜色是最好的遮挡，没人觉得我怪异。我可以跳着走，蹲着走，倒着走，傍着走。我也可以踩着舞步，手舞足蹈，哼着唱着。同样地，没人觉得我怪异。这个时候，便是真正自由的一个人了。万千世界，都是我的。

一路的花香、草香、树叶香，浓的、淡的、深的、浅的，缠缠绕绕。我闻闻这朵花，认认那棵草。黑夜里，它们的面容看不真切，视觉便退居一旁，味觉开始上位。闻闻吧，闻闻就知道了。这就有了再相识的欢喜。

露珠的清澈，让人忍不住想尝上一口。风也是带着好意的，吹过来，拂过去，跟逗你玩儿似的。黑夜使得一切变得纯粹，滤去了浮华，还原了本真。它使我想起“沉淀”这个词。黑夜是最经得起沉淀的。

拾荒的老人，单独一间小棚子，搭建在路边。应该属违章建筑吧，愣是没有人来把它拆掉。一个月，两个月，半年，一年，它都在。晚上，老人在门前拉只大灯泡，足足有二百瓦，亮闪闪的，把门前的一截路，都给照亮。老人在灯下分拣荒货。夏天的时候，是打着赤膊的。一旁的随身听里，放着河北梆子，或是陕西秦腔，一律的高嗓门，铿铿铿，锵锵锵。对老人这种重口味，我起初真是好奇得很，他是真心喜欢呢，还是借此排解寂寞？后来，我听多了，竟也喜欢上那唱腔，它有种让人的每个毛孔都舒展开来的畅意。

我真愿意他一直就这么住下去。我跑步的这条路上，有了他的存在，就生出鲜活的味道。那是尘世应有的味道，让人欢喜，让人不舍。

其实，每次出门前，我也纠结着来的。我家那人不喜动弹，他总是半歪在沙发上，手里随便翻本书，或是拿着电视遥控器，随便调台。他劝我，说，今晚你就不跑了吧，休息一晚，陪我看看电视多好。

我也想那么干。人都是有惰性的，人都喜舒适的。但最终，我还是说服自己出门。多少天的坚持，我不想在这一天出现断裂，那会让我觉得遗憾。

人的行为，往往都在一念之间。你抬脚迈出了那一步，你也就战胜了你自己，成全了你自己。就像我每每出门之后，都会觉得很庆幸，我让一天又以完满告终。要不然，我将错过这一晚的花香草香，错过这一晚的露珠夜色，错过这一晚的河北梆子和秦腔。

月亮是什么时候撑在半空中的？它像一个人，早早地等候在那里。

我不时抬头看看它，觉得它也在看我。

月亮走，我也走。

天空像一口井，水波不兴，月亮是浮在水上的一朵白莲花。

又觉得它更像一匹白丝绒，月亮是托在上面的一块打磨过的玉，圆润，质地醇厚。

《诗经》里有赞美诗：月出皎兮，佼人僚兮。说是赞美月下美人，我觉得更像是在赞美月。月的皎洁，才衬出美人之纯。天空干净，大地才会干净。

我在月下小跑。路上也有三两个锻炼的人，有的被我赶上了，有的赶上了我。我们不说话，只相互打量一眼，笑笑，继续跑着自己的。

后来，曲终人散，只剩下我，还在跑。和我一起跑着的，还有风，还有一个世界的花香草香。

月下我的影子，看上去比我年轻。它像一头年轻的小鹿，欢跳着一路向前。

丰腴

一

四月最当得起“丰腴”二字。

它实在是，太丰腴了。

季节一到四月，如同民间女子走进皇宫，君王一回顾，她就成了贵妃，一下子变得雍容华贵起来。光华灼灼！光华灼灼！让人真的不敢相认，她还是从前布衣荆钗的那一个吗！

这个时候，你怎么看，都是好的。躺着看，站着看，横着看，竖着看，落进眼底的，无一样不是兴高采烈，不是饱满葱茏的。

花在不要命地开。

桃花、梨花、海棠、紫荆……哪一朵，都开得掏心掏肺的，都开得披肝沥胆的。

烂漫哪！

我在一树一树的花下走。头顶上或红或白，枝枝桠桠，都缀得满满的。心也就那么，被填得满满的。随便往外一掏，都是一把颜色，绚丽得让人能在瞬间被淹没。

风吹桃花。

风吹梨花。

风吹海棠。

风吹紫荆。

这世上，你还要怎样的好？我只想轻轻说，亲爱的，你慢些开吧，慢一些，不要急。

心里，忽地生出疼来，嫌它们开得太过火了。

怎么可以这么毫无保留！赤裸裸的，全是热烈，全是奔放哪！

是不是有种生命，只求这一瞬的燃烧？爱就要爱它个天翻地覆，死去活来。这样的刚烈！——爱原本就是件十分刚烈的事情。

像他，和她。一朝坠入爱河，分分秒秒也不肯撒手。燃烧到顶点，终究烦了倦了谢了，那是将来的事。这一刻，他在，她在，他们心心相印，短暂的绚烂，足以照耀一生。

别笑爱情的疯狂，这或许才是爱的真正模样呢。我也想拥有这样的燃烧，哪怕只有一秒，像飞蛾扑火，我的生命，也定会活出别样的意思来吧。

我盘腿坐在树下，让肩上落下一瓣两瓣的花。很想喝杯酒了。真的，很想。虽然，我从不喝酒，且不会喝酒。可此情此景，唯有喝酒，才与之相配。举杯俯仰之间，是把花也给喝进去了吧。我愿意，为之一醉。然后，就在花下小睡，睡成一朵丰腴的花，饱吸阳光，饱吸清风。我却似乎已活过了千年。

二

那人对我说，菜花贱。

是因为多。是因为不择地。是因为它不会隐藏自己一点点。

这时节，出门去，随便一搭眼，都能看到它的影。人家的花坛里，有那么几棵，也是开得轰轰烈烈的，丰腴得不得了。

它太把自己当主角了，让你有小小的不服，它怎么可以这么抢风头呢？

它还就是抢了。你认为它是平民小丫头，它却拿自己当公主。我看到一垃圾堆旁，也有一枝菜花，风姿绰约地在开。

你若移步到郊外，那才见识到它的不可一世呢。人家的屋，被它拥着抱着。屋旁的路，也被它拥着抱着，一直蔓延到河边去了。河水里倒映着一地的黄，黄透了。天空也被染黄了呀。河里的鱼和水草，也被染黄了呀。你整个的人，也被染黄了呀。

美，真美，太美了！美得一塌糊涂。实在找不出多余的词来形容它，你也只能重三倒四地这么说。

贱命如它，终于让你刮目相看。

你看你看，有时出身并不重要。重要的是，你将以什么样的姿势盛开。

还是向一朵菜花学习吧，只管走着自己的路，在自己的心上，铺上一片沃土，盛开出一片丰腴。

三

有一段日子，我想减肥来着。

因为，大家的审美标准都是，骨感美人的。

我刻意少吃，刻意锻炼，反正怎么折腾能瘦下去，我就怎么折腾自己。

当我在四月的花跟前走了一走，我突然惭愧了。

没有一朵花，想着去减肥的。它们爱怎么开，就怎么开。能开得有多丰满，就开得有多丰满。

即便是一朵蒲公英，即便是一小朵婆婆纳，也竭力让自己变得丰腴。

那是美。

丰腴，也是一种美的。

中学时，跟同学归家。同学的母亲突然从屋内走出。其时天色将晚，光线暗淡。可是，她的母亲往门口一站，我的眼前，立即有种光芒四射的感觉，个高微胖的一妇人，面皮白，笑容温暖亲切，我几乎在一瞬间就喜欢上了。

多年后，我回忆，还记得她甫一出现时，给我的惊艳。现在我想，若是换作一清瘦的干巴巴的妇人，断不会留下这样的美好记忆的。

我也要按我自己的样子开放。不妨丰腴一点，再丰腴一点，从身体，到心。

养心

养颜，都知道。女人尤其，总希望自己是个不老的传奇。各类化妆品层出不穷，整容机构在大把赚着钱。

男人也不甘落后，人到中年，格外如此。他们用一个词来不断提醒自己，“保养”——养身，养颜。总想使自己的皱纹少一点，皮肤紧一点、水一点，永远容光焕发。人见面，常猜测年龄，总换来惊讶，说，看不出你都四十好几了，像三十岁的小伙子哟。这边听着，心里便得意。

忽略的，恰恰是养心。

心才是最易苍老的。

林黛玉对贾宝玉爱到极致，说了一句，我只为我的心。那一句，说得天也老，地也荒，竟是荒凉到孤岛之上。谁懂？！谁懂她的心？！

你以为眼泪流在眼底。不，不，其实，是流在心底。你欢不欢喜，你疼不疼痛，心说了才算。

秘密藏在心里，是最让人没办法的。哎，总不能变成虫子，钻到你的心里去。但情到深处，却不要说出来，不要说，彼此的心，都懂的。

若是遇到一个懂你心的人，请不要辜负了。

心有多大呢?

它能容纳下这世上所有的相遇和别离。

当心再也盛不下时，整个的人，也就彻底崩溃了。

记得小时，后邻有女子，温婉有致，贤惠善良。某天，因受巨大伤害，突然精神失常，也不骂人，也不打人，只管自己对着一处发呆，口中念念叨叨的。

人去看她，她揪着自己的胸口对人说，我的心，疼呀，疼呀，疼呀。

看不见，揉不得的心！才真是疼。

肌肤受伤，可以慢慢治愈。心受伤了，是一时半会儿好不了的。

所以才有，暗自疗伤。

这个时候，唯有给时间一些耐心，再多一些耐心，才会让心慢慢从伤痛中走出。怕只怕，到时走出来的心，也是千疮百孔的了。

一二十岁时，看到一个句子，“哀莫大于心死”。觉得特深沉，还把它特地抄录到笔记本上，不时拿出来炫炫，装装深奥。

那时能有什么哀呢！只不过是看见一瓣落花，会小小伤感。吟一句刚学会的古诗词："泪眼问花花不语，乱红飞过秋千去。"又或是对着夕阳西下，感慨一下，日光流逝，又近黄昏。

等到了一定年纪，才懂得，心死了一点儿也不好玩，那是心如止水，心如死灰，是再不见一点生命的激情和波澜。

活着，如同死去。那才真的可怕。

每个人，都是一个江湖。

人在江湖，心会疲惫，会苍老，甚至，会干涸。

这个时候，就必须留点时间和空间给心，养着它。

如养玉一样的，心也才会光润。

认识一女人，家境颇为艰难，为生之计，就是在菜市场口，摆一小摊，卖卖小物件。但每晚回家，她必给自己做上一两个小菜，装在精致的小盘子里，然后开了音乐，很有诗情画意地，享受她的晚餐。她说，悦目才能赏心，我要让我的心，在劳累一天之后，还是欢欢喜喜的。

欣赏她。纵使她活得再卑微，她的心，也会活得很高贵。

要学会养心。

用美物养它。用美食养它。用诗歌养它。用音乐养它。用花鸟虫鱼养它。

用鸟鸣雀叫养它。用雨声养它。用风声养它。

嗯，如果你有半天闲，不妨睡到草地上去，让心晒会儿太阳吧，心会很高兴的。

初心

初心是什么？

是春天的第一棵嫩芽，刚刚钻出土来；是秋天的第一滴晨露，栖落在花蕊间；是夏天的青荷，送出第一缕香；是冬天的飘雪，在大地上印上初吻。

是大敞特敞的门户，热切地拥抱一切。哪怕风雨雷电，哪怕毒蛇猛兽。

初心里，哪有什么风雨雷电呢！哪有什么毒蛇猛兽呢！是相信这个世界的所有。相信鲜花，相信彩虹，相信笑容，相信温柔，相信纯真和善良，相信承诺。哪怕是谎言，哪怕是欺骗，也是坚信不疑的。

是那样竭尽全力想对一个人好，想爱这个世界，想与之天长地久。是看不得悲伤、眼泪和疼痛。是没有得失恩怨，没有猜忌、不安和阴谋。是毫不设防。是随时随刻，准备倾囊相赠。

花好月圆。日日都是人间四月天。

羡慕小孩子。

每个小孩，都有一颗初心。

看两个陌生的小孩初相见，是颇有意思的。

根本不用大人引见，他们早已从对方身上，嗅出同类的气味。像两只小狗相遇，就那么好奇地、专注地，打量着对方，仿佛在打量另一个自己。

然后一个突然不好意思地跑开去，把一张小凳子搬来搬去，弄出很大的响声。甚至不顾大人的阻挠和斥责，故意把沙子撒到吃饭的碗里。其实哪里是玩，只不过用这种方式，吸引另一个跟上。眼神清清楚楚地是朝着另一个的，那里面在热切地无声地说，你也来呀，你也来呀。

另一个立即读懂，欢快地跑去，跟着玩起来。

笑是他们最好的语言。他们挨在一起，一个笑，咯咯咯；另一个笑，咯咯咯。也没什么好笑的，但他们就是望着对方，笑个不停。

他们一笑，全世界的花都开了。

也只小半天的工夫，他们俨然已成旧相识，到哪里都手牵着手的。他奔跑，她也奔跑。她跳跃，他也跳跃。她绕着一棵树转圈，他也绕着。他叫她，佳佳妹妹。她喊他，阳阳哥哥。是两支小溪流相遇，欢欢喜喜地汇聚到一起，心里倒映着一个蓝天。

告别时，已变得难分难舍，总要哭闹好久。

是真心地舍不得离开呀。全世界所有的玩具都拿来，也不敌眼前的这个哥哥和这个妹妹呀。

大人们只觉得好笑，以为小孩健忘着呢，对他们这小小的初心，哪会当真。只是哄骗着，明天还会再来玩的呀。

他们破涕为笑，信以为真。哪里知道，人生有些相遇，只是偶尔的路过，再回不了头的。

过了半年，他和她，玩着玩着，忽然丢下玩具，出一回神，嘴里碎碎念道，我想佳佳妹妹了。我想阳阳哥哥了。

是一朵花和另一朵花相遇，稍稍点一点头，就有无限的好意。初心晶莹，无关江山，无关风月，只关乎一个他，只关乎一个她，只想在一起，在一起。

不忘初心。有几人能做到不忘呢？

初相见，他对她说，我会一辈子对你好。眼神清亮，誓言响亮，地老天荒。

然一辈子太长了，走着走着，也就走岔了道。他不是他了，她亦不是她。陌上相逢，只剩陌生。

林黛玉说，早知今日，何必当初。

傻姑娘她不知道的是，今日哪能和当初相比，当初捧出的是一颗初心哪！是天也透亮，地也透亮。

人越长大，离初心就越远。

世间坚守一段生命容易，坚守一段初心，却难。

我们都把初心给弄丢了。

附录

《萝卜花》参考答案

1. 萝卜花

2. 要点：所填修饰语须与人物性格或作品主旨吻合。如“坚强”“美丽”“开不败”等。

3. 不好。“开”比“放”更富有动态美，更加形象、生动；同时暗含女人积极向上的品质和对美好生活的追求。

4. 解释说明。

5. 言之成理即可。

6. 言外之意：男人也许曾经颓废过，如今不颓废了。不颓废的原因是女人在生活上给了他体贴和照顾，也在精神上给了他巨大的支持和鼓励。在写法上的作用：突出了女人的智慧和勇气，衬托了女人热爱生活、乐观向上的美好品质。

7. 要点：人生总会遇到各种各样的不幸，但只要在挫折面前不气馁、不低头，就一定会迎来雨后的彩虹。

《每一棵草都会开花》参考答案

1. 文题“每一棵草都会开花”的含义是每一个人（学生、孩子）都能成才。母亲的话只是在陈述每一棵草都会开花的这一自然现象。

2. 内容上，为下文写耳聋学生不被重视却取得成功做铺垫；结构上，与结尾构成首尾呼应；借花喻人，表现文章的主题。

3. （1）他有些耳聋。因为不怎么能听见声音，他总是竭力张着他的耳朵，微向前伸了头，做出努力倾听的样子。（2）他回我：“爸爸知道我很努力的。”（3）每个泥娃娃，都各具情态，或嬉笑，或遐想。活泼、纯真、美好，让人惊叹。（4）让他谈获奖体会，他嗫嚅半天，说：“我想，只要我努力，我总会做成一件事的。”

4. 形象：“我”是一个关怀学生、尊重学生、具有爱心、勇于反思的教师。作用：“我”是文章的线索，起到了贯穿全文脉络，把人物和事有机结合，使文章条理清楚的作用，同时使文章主题更加突出。

5. 要点：比喻贴切合理，评价与比喻存在内容关联，体现关怀意识。语言流畅。

《蓝色的蓝》参考答案

1.

	“我们”	“她”
第③自然段	灰头土脸	明媚精神
第④自然段	戒备少言	热情动人
第⑤自然段	囫囵上车	妆容精致

2. 示例 1：留好。因为这几句话既能体现“她”美丽、健康的外在形象，又刻画了她乐观的人生态度，表达了作者对她的喜爱之情。

示例 2：删好。（1）“红唇鲜艳”“灿若木棉花”，这是“她”的外在形象，并非作者要着力表现的内在品性；（2）“她笑着说”“她乐得眉毛眼睛都在笑”，固然表现了“她”爱笑的特点，但这一特点多处涉及，稍显啰唆；（3）夸张失常。

3. 蓝，既指“湖蓝”“天蓝”，又指那个叫“蓝蓝”的女人。情景交融，写我们为纳木错“变幻无穷、风光诡异”的圣湖美景所陶醉，也为蓝蓝与疾病抗争的精神所感动。

4.（1）她在“身患绝症”“天崩地塌”之时，坚定了活下去的信念。（2）她看淡了自己曾经的“得失名利”。（3）她重新打理自己的生活，“养花种草，出门旅游”，热爱生活，珍惜每一天。（4）她常常去做义工，关爱他人，在帮助别人中感受生命的意义。

5. 示例 1：我同意观点一。我觉得这是一种充实愉悦的人生态度。（1）“养花种草，出门旅游”，为一朵花停留，为一片水感动，灵魂安宁，岁月不惊，何其美好！（2）更让人感叹的是义工生活，心怀仁爱，常存他人，何其难得！所以这就是我想要的生活。

示例 2：我同意观点二。（1）“追求事业和成就”是一种积极向上的人生态度。有追求有担当。这是社会的正能量，这是时代的旋律。（2）在追求的过程中为挫折失败而难过，为胜利荣誉而喜悦，这是人之常情，并且这些也是激励自己更加努力的动力，有何不可？

示例 3：我反对观点三。（1）事业和成就可以是人生的一部分，但不应该是主旋律。人们为了得失名利“玩命去争”，甚至伤害家庭幸福和自身健康，那么也就失去了生命本来的意义。（2）“她”的生活不是“非常态”的选择。

示例 4：我反对观点四。（1）前者是“虚无主义”，如果人人都把事业成就看成浮云，那么社会正气何在？积极进取何在？（2）后者是“享乐主义”，如果人人都抱着“娱乐至死”享受生活的态度，那么社会进步何在？人类发展何来？

示例 5：我们需要脚踏实地追求事业，也需要清风明月的灵魂生活。所以我认为人应该既有所追求，在奋斗中实现个人的人生价值，又应该于芜杂与烦躁中保有简单和明净，释放自己的心灵，体验生命的愉悦和美丽。

示例 6：我认为事业成就要追求，但得失名利要不得，我们要以出世的态度去做入世的事情。古人说“功成拂衣去”，何等洒脱！人生无事业不立，境界去功名更高。

示例 7：生活如人饮水，冷暖自知，没有最好，只有适合。文中的“她”认为自己曾经错了，今日对了，这是“她”的选择；你也可以认为“她”过去没错，今天错了。多元的生活才构成世界的精彩。我想要的生活就是选择适合自己的生活。

《掌心化雪》参考答案

1. “压”字写出了“她”深知家境的贫寒，理解母亲的愁苦，为帮助家庭解压，强行压制内心的欲望。

2. （1）这句话写出了“她”的自身感受，文字质朴、自然，具有一定的哲理；

（2）体现了语文老师对“她”的关怀和爱护；

（3）同时也体现了语文老师对“她”的鼓励。

3. 关怀爱护学生；教育方法科学、巧妙。

4. 要点：（1）受语文老师的影响；（2）用实际行动温暖孩子们的心；（3）回报社会。

5. “掌心化雪”本来是指雪在掌心，会慢慢化成水。这里比喻老师对学生润物无声的关爱，能让学生觉得温暖，备受鼓舞。

《那些温暖的》参考答案

1.（1）邻家女人买菜时领回迷路痴呆的老妇人，悉心照顾半个多月。

（2）一对老夫妻，自费购买音响设备，免费供大家在广场跳舞用。

（3）一群三轮车夫，自发照顾不幸的老人。

2. 都是记述平凡人身上的善和美（或对别人无私的付出和帮助）。

3. 以前感到厌烦（讨厌），现在感到温暖和感动。

《爱的语言》参考答案

1. （1）表演者所塑造的极富艺术魅力的舞台形象；

（2）舞蹈演员为创造这完美的艺术付出的巨大的辛劳；

（3）表演者通过舞蹈所表现出来的对生命执着的热爱。

（答出其中一点即可）

2. 如果能够锲而不舍地坚持努力，一样能够让生命绽放美丽的花朵，创造人生的辉煌。

3. 聋哑女孩的精湛表演，要付出比健康健全的女孩更多的汗水和心血，更集中体现了她们对生命的执着的热爱。

《书香做伴》参考答案

1. 年少家贫，无钱买书，而自己对书又很渴望。

2. 腾跳出　扑

表现了“我”看见小人书书摊的欢喜与渴望看小人书的急切。

3. 环境描写、心理描写。写出了夜的空旷、宁静，以及带给“我”的少许恐惧感和孤独感，衬托出“我”对书的渴望和借到书的幸福感。

4. （1）小时候，无钱买书，只能到老街上小人书摊租书看；（2）小学时常常走夜路到班主任家借书看；（3）高中时，为借书看拼命学好语文讨老师喜欢（或：在高中语文教师家借书看，感悟书香人生）。

5. 参考示例：（1）自己对书的渴望就像期盼花开一样；（2）好书对自己的熏陶就像被花香浸润一样；（3）读书带给自己的快乐和享受就像赏花一样；（4）书香与“我”做伴的经历像花儿绽放一样；（5）书中内容及情感散发出花一样的芬芳。

《牛皮纸包着的月饼》参考答案

1. 店主包月饼——祖父买月饼——祖父分月饼——大家吃月饼——祖母送月饼

2. 牛皮纸里包着的月饼，这是童年中的一个甜甜的回忆。这里包含着一家人的幸福与快乐，有童年的天真与顽皮；也有家人的善良与淳朴；也有着浓厚的乡村情谊。

3. 原句运用短句，突出强调了月饼使空气里充满浓浓的香甜味，表现了儿时的我们对月饼的渴望，表现了童年的天真。而改后的句子为长句，语气平淡，不能充分地表达这种感情。

4. 舔，指用舌头接触东西或取东西。写出了我们把月饼分成碎屑，用舌头舔着吃的动作，说明在祖母的教育与影响下，我们将好东西留着慢慢吃，表现了我们舍不得一下子吃掉月饼的心情，突出了月饼的美味以及儿时的我们对月饼的喜爱，具有童真童趣。

5. 开篇先写包装精美的月饼，由此引出下文对儿时用牛皮纸包着的月饼的回忆；包装精美的月饼，虽然包装精良，却不合家人口味，最终被扔掉，与儿时的牛皮纸包着的月饼的令人垂涎形成对比，突出对儿时生活的怀念之情。

6. 示例：阿婆，我们忘不了儿时您送给我们的月饼，在那段贫寒的岁月里，是您把对自己孩子的爱分给别人，感谢您让我们像其他孩子一样快乐过节，快乐长大。